ピンクとグレー

加藤シゲアキ

角川文庫
18399

ピンクとグレー

目次

but it did happen

第一章　24歳　ブラックコーヒー

番組が始まる。突如、彼の写真がテレビに映し出された。その表情は妙にニュートラルで、脱力しているようにも見える。

二年前、六月になったばかりの日曜日。ドキュメンタリー番組はいつも通り十一時から始まった。僕は毎週欠かさずにこの番組を見ているが、この日に限ってそれを避けていたのは今回が白木蓮吾《しらきれんご》の特集だったからだ。にもかかわらず、僕は結局見てしまった。

いつもそうだ。

梅雨入りを予感させる少し蒸れた室内。オープニングテーマ曲のヴァイオリンがその水分を弾《はじ》くように響き渡ると、僕はいよいよ画面から視線を外すことができなくなった。画面に現れた彼の写真の右下には直筆で書かれた「白木蓮吾」という文字がある。それが絶対に「ごっち」の直筆であると確信できたのは、「吾」の文字の下部を「口」ではなく「〇」と表記していたからだった。またその他の文字にも同様に彼の癖がちりばめられていた。そうでなければよかったのに、と思った。と同時に、そうでよかったとも思う。つまり、僕の頭はそれほど複雑で、とても整理がつかなかった。すぐにＣＭになり、テレビのリモコンを手に取る。そして落ち着きなく羅列された数字のボタンを触った。しかし押せない。裏ではいつだって笑えるバラエティ番組が放送されていて、そうでなくても消す事だってできた。でも僕はそれができなかった。どこかでまだ信じていたのかもしれない。「白木蓮吾」は「ごっち」の延長線上で、彼の線上には僕もいるだろうと。この日の放送を見れば、答えが出る。

　白木蓮吾が活躍し始めて四、五年くらいだったこの時には既に、ただ容姿がいいだけの若手俳優という部類に彼をカテゴライズしている人は少なかったように思う。実力派俳優としての地位を確立できていた彼はまたしても映画の主演に抜擢《ばってき》され、その宣伝も兼ねてこのドキュメンタリー番組は白木蓮吾にスポットを当てた。バンドマンを演じる白木蓮吾が実際に映画と連動してＣＤデビューするということで、この映画は既に話題になっている。信じられない。文化祭でもボーカルをやりたがらなかったあの彼が人前で歌うなんて。

男性の低い声のナレーションが撮影現場の風景に重なり、そして彼が映る。力みのない演技と時折混じる薄い笑顔。出しゃばりすぎない目鼻だち、柔らかい褐色の髪。目尻《めじり》の皺《しわ》。

それから十分ほど、僕は放送を見過ごしていた。故意ではなく、映像も音もするすると僕を抜けていってしまう。蛇口から流れ続ける水のようにその映像は僕を通って漏れていった。

その蛇口の水がぴたりと止まったのは、彼の幼少期の写真が一枚ずつ、全部で四枚映し出された時だった。一枚目は四歳頃の幼児の写真で、小さな男の子がおそらく親のであろう眼鏡を両手で握りしめながら、きょとんとこっちを見ている。これは初めて見た写真だ。僕と出会う以前のもの。二枚目は、小学生の頃の写真。これも初めてだが、彼のあどけない姿は懐かしい。後ろの赤茶色は当時僕らが住んでいたマンションの壁だ。三枚目。中学の入学式。この写真を撮ったのは僕だった。そして四枚目。この写真は僕も持っている。高校の文化祭でバンド演奏を披露し終えた後、二人で撮った写真だ。僕はごっちの肩に腕を回し豪快に口を開けてピースをしていて、彼も胸より下で小さくピースをしているが、照れくさそうに目尻に皺を寄せて笑っている。二人とも制服のシャツが大胆に乱れ、演奏中邪魔にならないようにとボタンとボタンの隙間にねじ込んでいたネクタイは、ほとんどがそこから抜けていた。それら二つのネクタイはねじれて不細工な「い」の字のようになっている。インスタントカメラ特有のぼんやりとした光と粒子の粗さが懐かしさを際立たせた。

僕の持っているこの写真と、このテレビに映された写真は同じだ。けれど、圧倒的に違った。

テレビに映されたのは左側の彼だけだった。僕の映っていた部分は省かれ、彼の顔を中心とした構図に切り取られている。ただ首に巻かれた僕の腕だけはしっかりと映り、右手の折り曲がったピースもなんとか彼の肩もとに置かれていた。そして彼のネクタイは一画を失い、「し」の形で留《とど》まっていた。

ほんの数秒だった。

しかしこのときはっきりと、そして初めて、彼と僕との関係は断絶されたと感じた。白木蓮吾だろうがごっちだろうが、彼を形成する要因のひとつはやはり僕だと、どこかで驕《おご》っていた。しかしそうじゃなかった。彼は自分自身を再構築していた。そして必要のない僕は完全に排除されていた。

直後に彼の生い立ちがナレーションで説明されたが、僅《わず》かですら僕が関わる事はなかった。僕だけでなく、石川《いしかわ》も、彼の家族も。

それから放送された内容の記憶も、再び曖昧《あいまい》になっている。

気付けばエンディング。またヴァイオリンだ。オープニングよりも優雅なはずの旋律なのだが、それは反対に鼓動を加速させ、耳をつんざいた。

ただ救いもあった。

番組の終わり際、密着していたスタッフが移動中のタクシー車内でこう聞いた。

「ピアスしてたんですか」

彼は首を小さく動かしてスタッフを一瞥《いちべつ》し、左の耳たぶを一度、触った。

「高校の頃、一時期だけ」

「今はもうしないんですか」

「ピアスより、ピアスホールの方がかっこいいじゃないですか」

彼は遠くを見ながら、やはり脱力した表情でそう言った。すれ違う車の白々としたライトが彼の頬をかすめる。

その情報はやはり彼がごっちであることを僕に伝えた。

番組が終わり、飲み忘れていたコーヒーを飲んだ。それはぬるく、すっぱく、まずくなっていて、僕はマグカップを持ったままシンクへ向かい、母親が洗い物をしている横でそれを流した。

「鈴木《すずき》くんすごいわねぇ」

この時だって本当は、彼の成功とさらなる飛躍を誰よりも願っていた。

「すっかりいい男になっちゃって」

しかしもう一方で僕は彼の挫《ざ》折《せつ》と転落も祈っていた。

真反対の情念は水と油のように分離していて、しかしどちらも間違いなく、そして強弱なく僕の中にある。そしてそれらがこれから先に乳化して単一になることも、おそらくない。

「あたしもこんな息子が欲しかったわ」

周知の事実かもしれないが、彼は本当に魅力的な人間だ。それはどんな言葉で表そうと間違いない。だからこそ芸能界のヒエラルキーをこの若さで一気に駆けあがり、頂近くで留まることができた。

リビングに戻り、テレビを数回ザッピングする。テレビを消すと、母親は「消さないでよ」と言ってテーブルに置いたばかりのリモコンを乱暴に奪った。部屋へと向かう僕の後ろからボンッという音が聞こえ、一気に不躾《ぶしつけ》な笑い声がテレビから放たれた。

＊

白木蓮吾――彼について、過去彼の隣にいたというだけの僕がこれを綴《つづ》るのは忍びない思いももちろんある。彼のファンには僕を非難する人もいるだろう。それでも僕はこれを書く。永遠に外れる事のない足枷《あしかせ》を引きずりながらも、それでも僕は生きていかなければならないのだ。

第二章　9〜11歳

イチゴオレ

「みやげにもらぁたぁ〜　サイコロふぅたつ〜　手の中でふればぁ〜……」

大阪から横浜までの間、父は運転しながらカセットテープから流れる吉田《よしだ》拓郎《たくろう》に合わせて時折鼻歌を歌ったりしていた。それも相当に煩わしかったが、僕が不機嫌な理由はそれだけではなかった。いくらなんでも九歳という年齢で四回もの引っ越しを経験するのはとても辛《つら》かった。親しい友人を作ってもすぐに転校。僕はそれを幾度も繰り返してきた。不満は募りに募っていたけれど、なんとか我慢できたのは今までの引っ越しがどうにか関西域内に留まっていたからだ。しかし次はよりによって……。

今回は殺意さえあった。

今まで溜《た》めに溜めた鬱憤《うっぷん》を少しでも晴らすべく、僕は父に対して悪態をつき続けた。

もちろんその度に叱咤《しった》されたが、「くそじじい、なんでやねん」と僕はめげずに何度も言い放った。

とはいえ、幼い僕の言動が社会の不条理に敵《かな》うはずもなかった。

「なんやここ。ほんましょうもないな東京は。人間の冷たさがみなぎりよるわ」

ほとんど体を動かしていないのに、マンションに着いた頃には僕はすっかり疲れ切っていた。それでも僕は茶ばんだ白のクラウンから降りながら、力の限り大きな声でそう言い放った。言葉はマンションの壁に反響し、ぐるりと回って軽やかに空へと抜けた。これが横浜での最初の一言だった。

父はついに僕のつむじの辺りを思い切り殴り、ぐっと襟を摑《つか》んだ。「うっ」と声を漏らした僕に、「いい加減にしろ」と父は小さい声で言った。

コの字形のマンションは三階建てで、真ん中に駐車場、端には小さな砂場と淡い青のベンチがある——あとなぜかアヒル——。土曜日だったこの日は住人の三分の一くらいが外にいて、子供達が砂場で遊んだり駐車場を走り回ったりしていた。春先の柔らかい空気と少しだけ埃《ほこり》っぽい匂いがその一帯に溜まっていたのを覚えている。

父と母は「どうも」とすれ違う人に挨拶《あいさつ》し、僕を新居に押し込んだ。

翌日、母はマンションの住人に挨拶をするため、未《いま》だ不機嫌な僕を強引に連れ出して、各部屋を回った。

住戸は全部で三十軒ほどで、そのうちこれから通う小学校の生徒が八人、中でも同級生になる生徒は三人もいた。しかし僕は彼らと仲良くなる気は全くなかった。

僕は大阪からの車中、ある決意をしていた。

友達なんか作らない。転校先の小学校では初めから同級生を嫌い、そして嫌われ、目立たず静かにただただ黙って次の転校を待とう。そうすれば次の転校だって辛《つら》くない。むしろ楽しみになるかもしれない。だから絶対に友達は作らない。

その決意を胸に僕は、昨日父に悪態をついていた時と同じ表情を浮かべたまま、母と挨拶をして回った。

それでもチャイムを鳴らして挨拶すれば、親たちは子供を呼び出し、「ほら、ちゃんと挨拶しなさい」と催促した。どの家も同じ流れで、互いに自分の名前を言っては「よろしくお願いします」と一往復だけして終わった。それでよかった。しかしただ一人だけ、僕に会話を求めた同級生がいた。

新居の真上の三階で、僕らがほぼ終盤に挨拶に行った家だった。ここでも変わらず母がチャイムを鳴らすと、母よりも随分年上の女性がドアを開けた。姿勢のいい、品のある女性だった。

「昨日、越してきた河田《かわだ》と申します。つまらないものですがどうぞ受け取ってください」

　これまでと同じように母はそう言って、これまでと同じように土産物の餃子《ギョーザ》を渡した。

「あっ、わざわざすいませんねぇ。鈴木と申します」

　そして少しだけ大きな声を出して、例のごとく子供を呼び出した。廊下の奥から現れたのはなんだか野暮ったい男の子で、紙パックのイチゴオレを飲みながら僕らがいる玄関までやってきた。近くにきて、野暮ったさの原因は妙にだぼっとした服のせいかもしれない、とぼんやり思った。そのサイズの合わないネイビーのパーカーは、ほんのり色褪《いろあ》せて見える。古着みたいだ。

「ほら、挨拶は」

「河田大貴《だいき》」

　母に促されて無愛想に名乗ると、彼は僕より高い声で自分の名前を答えた。

　母が慣れた物言いで「おいくつですか？」と相手の親に聞くと僕と同級生だと分かった。しかし男の子はそれには無反応で、イチゴオレを飲んではしばしば左手でえりあし辺りをぽりぽりと掻《か》いた。

「ねぇ、しょーもないってどういう意味？」

彼はそう言うとパーカーの袖《そで》を引っぱって、頭を掻いていた指を覆った。

あまりにも唐突な質問で僕は少したじろいだ。しかしすぐに僕の横浜での第一声が聞こえてしまったのだと分かった。

「東京みたいな場所をしょーもないって言うねん」

車内での意志通り僕は苛立《いらだ》ちを込めてこう言い放ち、彼を冷たくあしらった。「東京」と横浜の土地を言ったのはまだここに土地勘がなく、だいたい東京らへん、という程度の認識だったからだ。

僕はまたその場で親にたしなめられた。その様子を見た彼は自分のせいで僕が責められていると思ったのか、指を覆っている袖ごと母親のスカートの裾《すそ》を握った。

「しょーもないー」

彼は母親のスカートに左半身を隠しながら、僕に言った。この言葉の語感が気に入ったのか、その後も続けて三回「しょーもない」とぼやいた。

『小』もないっていうのは、ちいさくないってことなんだね。東京はおおきいから」

閃《ひらめ》いたかのように彼が言ったので僕はまた少し苛ついた。

「お前かてホンマにしょーもないわ」

「そうだね、ぼくはきみよりすこしおおきいから」

はっきりと言い捨てた僕の言葉に対して彼は、まさにその通り、といった口調で笑いながら言い返した。

肩すかしにあった気分でもはや呆《あき》れてしまい、「もうええわ」と僕は彼の顔を見て言った。すると突然彼は口角と目元を湾曲させ、「これあげる」と、僕に半分くらい残ったイチゴオレを渡して颯然《さつぜん》と部屋の奥に帰っていった。

「しんご、そんな飲みかけ渡しちゃ失礼……ホントにもう。すいませんねー気まぐれな子で」

「いえ、こちらもホント、口が悪くてすいません」

二人はそう言って、向かい合った鹿威《ししおど》しのように同じ動作をしばらく繰り返していた。僕は渡されたイチゴオレを一口も飲まず、彼の母親に返した。

夕暮れ前には全ての挨拶が終わった。家に戻ると、母はすぐに余った餃子を焼き始めたが、僕に食欲なんてあるはずもなく、ボールとグローブを持ってこっそり外に出た。

だらだらとマンションの壁に沿ってぐるりと歩き、しばらくして見つけたキャッチボールに適当な壁は階段の左横にあった。やり切れない気分を払拭《ふっしょく》しようと、僕は一人その壁に向かってボールを投げた。どんな風に投げても西日はボールをオレンジ色に染めた。

　それからだいたい十分、十五分経った時だったと思う。階段を下りる足音と聞き慣れない言葉遣いがふと耳に入った。階段を下りきったところで足音は止まったようだったけれど、僕は気にせずキャッチボールをしていた。視線を感じる。けれど彼らを見たらどこか負けてしまうような気がして僕はそのまま無視し続けていた。

「それ、やらして」

　声が聞こえた。それはおそらく僕に向けての言葉だ。

　その声と同時に投げたボールは壁から跳ね返り、地面でワンバウンドした。僕はそれをキャッチし、ゆっくりと声の方を向いてみた。

　そこには今日挨拶した同級生三人がいた。その内の一人と目が合う。どうやら僕に話しかけたのはこの眼鏡をかけた小太りの男のようだ。

「それ、ぼくにもやらせてよ」

　何のためらいもなく、彼は再びそう言った。名前は確か木本《きもと》だったような……。

　買ったばかりのグローブはまだ革が硬く、野球ボールはまだ白かった。誰にも触らせたくないもののはずなのに、なぜか咄嗟《とっさ》に僕はそれを渡してしまった。

　木本はグローブをはめ、ボールを壁に向かって思い切り投げた。

球速は僕が投げていたのより速かった。

ボールが壁に当たって跳ね返ると、そのままの勢いで彼の大きな眼鏡にぶつかった。眼鏡は彼の頭部を越えて三メートルほど後ろに飛んでいく。一方でボールはまた壁の方へと戻り、再び跳ね返ったボールは迷う事なく彼の顔に当たった。

ボールの軌道はまるでメトロノームのように規則的で、眼鏡はあまりにも綺麗《きれい》な弧を描いて飛んでいき、それらのリズムは軽快で痛快だった。

顔を押さえる木本の周りで僕と二人はすっかり驚いていて、駐車場は静まりかえった。

直後、石川が笑った。大きく口を開けて、木本を指差しながら思い切り笑った。釣られて僕にイチゴオレを渡したあの鈴木真吾《しんご》も笑った。思わず僕も笑ってしまった。まるで777が揃ったパチスロのようにリズムと緊張があり、そして流れ出るパチンコ玉に倣って僕らはどっと騒がしく笑った。

本当に可笑《おか》しかった。その時間は長く、僕らはいつまでも笑っていた。

「笑うなって」

顔を押さえながら真剣に怒る木本がまた可笑しくて、僕ら三人は笑い続けた。僕は長く笑うとお腹だけではなく背中も痛くなる体質で、それはこの時も同じだった。一方の手でお腹、もう一方の手で背中を押さえて僕は体を丸めたり反らしたりを繰り返した。

「背中いたいって、もう笑わせんといてって」

うずくまる木本をよそに、二人は僕のこの奇妙な動きにまた笑い直した。

その時も二人のうちの一人だった鈴木真吾は僕を見ながら「しょーもない」と連呼していて、それは少しだけ使い方があってるやんけ、と言葉にしようとした時にはまたしても痛みが背中を襲い、僕は反った。

今振り返れば、初めて会ったこの日から鈴木真吾と木本と石川はあまりにも自然に僕との距離を縮めてきた。そしていつしか僕は全ての抵抗を諦《あきら》めていた。

笑いが収まった頃、マンションはやたらとニンニクの匂いが漂っていた。我が家のせいで、どこの家も同じ晩ご飯を用意していたようだった。

*

シュー……しゅるるる……じゅっ　ぐぅぁ　ぐぁ

ごっちは消える直前の手持ち花火をバケツの水に突っ込んだ。直後、包帯でぐるぐるに巻かれたマルコフが遠くで重たそうに喉《のど》を鳴らした。

転校したあの日から、僕らは毎日一緒にいた。登下校はもちろんのこと、放課後も週末も、そして僕がこっちにきて初めてのこの夏休みも、本当にずっと。おかげで、この頃には僕の関西弁はすっかり抜けきった。

そんな僕らについて親たちはよく「スタンド・バイ・ミーみたいだわ」と言っていた。別段死体を探す事も見つける事も、彼らのお兄ちゃんに帽子を取られることもなかったけれど、僕らはこの日も一緒に駐車場で花火をしていた。

シュー……

「りばちゃん、ちょっと火つけて」

花火の束から、石川は一つ選んでそう言った。そして未使用の花火を僕の勢いよく噴射する花火の方へと近づけると、ごっちも黙ったまま花火を僕の方に近づけた。

僕が「りばちゃん」と呼ばれるようになったのも、スタンド・バイ・ミーの引用だった。

「だってほら、実際に河田くんはあの頃のリバー・フェニックスに似てるじゃないの」

木本の母親はよく僕にそう言い、それからだんだんと皆が「りばちゃん」と呼ぶようになった。ただそれだけの安直な理由だけではなく、「河田」という僕の苗字《みょうじ》の一文字目「河」を英訳した「リバー」と、「リバー・フェニックス」の「リバー」とが偶然重なったことも大きな要因だった。今だったらそんな大層なあだ名は遠慮するが、当時無知だった僕はすんなりとそれを受け入れてしまった。

鈴木真吾のことは既に他の二人が「ごっち」と呼んでいたので僕もそれに倣った。ただこれもまた偶然にも主演の役名が「ゴーディー」だと知ったのはしばらく先のことだった。

「サンキュー」

石川の花火は赤の光を放った。ごっちは白だった。木本は花火を水に突っ込んだまま、俯《うつむ》いていた。

「買いすぎちゃったかもね……」

木本は地面に置かれた手持ち花火や打ち上げ花火を見て言った。実際、四人で持ち寄った花火は大量で、まだ五袋分の花火が辺りに散らばっていた。

はりきって花火をし始めたにもかかわらず、僕らの空気はどんよりしていた。まだ八月上旬なのに、すでに夏の終わりといったような雰囲気。それは仕方がないことだった。だけど僕はどうしても納得できず、ついに苛立ちが隠せなくなった。

「あー、やっぱり許せない！」

「別にいいよ、生きてたんだから」

力なく木本はそう言った。

「全然よくない！」

僕はだんだんと興奮してきて、感情的になっていた。

「マルコフあんなんにされてさー。黙ってらんねーよ」

マルコフ、というのは木本の家が飼っていたアヒルの名前だった。マルコフは日が出ている間はいつも砂場の周りをうろうろしていて――今日は夜になっても砂場にいるが――時々「ぐぁ」と間抜けに鳴いては僕ら住人を和ませた。木本家のアヒルだけど実際は住人みんなで可愛がっていた。僕もマルコフが好きだった。なによりマルコフは人懐っこかった。

そのマルコフが二週間ほど前にいなくなった。そんなことは初めてだった。住人みんなで必死に捜したけれどどこにも気配がなく、おそらく攫《さら》われてしまった、ということだった。

数日後、マルコフは近くの池で発見された。ただしそれは見るも無惨な姿で、矢が二本刺さり、羽は毟《むし》られ、全体はスプレーで黄色く塗られていた。右の翼には「ひよこ」と書かれていて、長く伸びたくちばしの鼻の所には大きな黒い点がある。

げっそりとやせ細っていて、水を掻《か》くことも出来ないほど衰弱していた。発見からすぐ動物病院に連れて行ったこともあって、大事には至らず、十日くらいの入院で済んだ。退院したのは今朝だった。

シュー……しゅるるる……じゅっ

花火は退院祝いのつもりだった。しかし僕らが単純に祝えるほど、マルコフの状態は芳しくなかった。あの人懐っこかったマルコフはすっかり臆病《おくびょう》になっていて、飼い主の木本ですら怖がるようになってしまった。今もマルコフは僕らから距離を置いている。本当に酷《ひど》い話だ。

ぐぅぁ　ぐぁ

「鳴けるようになってよかった」

石川は消えた花火をバケツに入れ、興奮する僕を尻目《しりめ》に、優しく呟《つぶや》いた。

「石川はムカつかないのかよ！」

「犯人は捕まったんだから、それでいいでしょ」

犯人は地元高校生の不良集団だった。彼らはマルコフ以外にも近所の公園や池などで鴨をボウガンで撃ったりしていて、そこを現行犯逮捕されたそうだ。動物病院の勧もそもそ奨で警察に届け出ていたから、余罪としてマルコフのこともあがったそうだ。そもそもこの割と治安のいい地区でボウガンなどを持っている人間は、おそらく彼らしかいない。

「あーダメだ。俺、絶対仕返しする。俺も犯人たち矢で撃つ」

「やめときなって」

「だって捕まったってさ、どうせすぐにまた出てくんだよ。そんなのありえねぇーよ！」

僕は消えた花火をずっと持ったまま、そう言った。すると石川が正面にやってきて、鋭い目つきでぐっと僕を睨《にら》んだ。

「ダメ」

「いやだ」

「ダメ」

「うるせぇ！　絶対する！」

「ダメなもんはダメ！」

ヒートアップする僕らを仲裁しようと木本がよってくる。

「だからいいってば」

「木もっちゃんだって許せないだろ！　目には目を！　歯には歯をだよ！」

「それは絶対に違う！！！」

　シュー……

「なんでだよ！」

「わかんないけど！」

　シュシュー……

「二人とも落ち着いて」

「わかんないとか理由になってねーだろ！」

「わかんない！　でも違うったら違う！」

「意味わかんねぇ！」

　ジュジュシュー……バババババ！！！！

　僕と石川を遮るように爆発音が響いた。驚いて音の方を見ると、辺りに散らばっていた花火と爆竹に火がついていて、様々な光の色彩が縦横無尽に飛び交っていた。スペクタクルで、文字通り爆発だった。

　煙と光がすごくてすぐには分からなかったけれど、その真ん中にはごっちがいた。両手いっぱいに火のついた花火を持ち、地面に散らばった花火に火をかけていた。それから無表情に僕らの方を向いた。

石川が咄嗟《とっさ》にごっちの方へと走る。ロケット花火や打ち上げ花火、地面から上へと噴出し続ける花火の中へ、顔を腕で隠しながら躊躇《ちゅうちょ》することなく突っ込んでいった。僕と木本も遅れて向かったが煙は増す一方で、狭いスペースにもかかわらず僕らは自分の居場所を見失ってしまった。

ヒュン　ズバババ　ヒュン　シャー……

光り続ける花火の先を見ようとしたが、煙が目に入ってしまって開けられない。なんとか開くと、痛さで涙が止まらなくなった。

ようやく音と光が落ち着き始めた。煙も風にたゆたい、空をうっすらと白く染める。潤んだ視界にゆっくりと二人が見える。

ごっちは消えた花火をまだ両手に握りしめたまま、石川に抱きしめられていた。

シュー……

まだいくらか残った花火が不規則に彼らを美しく照らす。

ごっちは何も言わず、訴えるようなまなざしで遠くを見ていた。石川は何度も「ごめん」と呟き、それからそっと離れた。

誰もごっちを責めない。いや、反対に、彼は僕らを責めていた。言葉で言うよりも直《じか》に僕らは感じた。

マンションからガチャガチャとドアの音が聞こえる中、僕らは静かに黙っていた。

なんだか自分がすごく間違っていたように思え始めて、僕は後悔していた。おそらくそれはごっちの真意だった。

緊迫した中で僕らはしばらく佇立《ちょりつ》した。それから各々《おのおの》がそっと顔を見合わせる。やっぱり気まずくて、また目線を逸《そ》らし、立ち尽くした。

ぐぅぁぐぁ
ゆっくりと僕らの真ん中まで歩いてきたマルコフが、突然呑気《のんき》に鳴いた。

皆がマルコフを見る。それから僕らは目を合わせた。

「……ぷっ」

石川が堪《こら》えきれず吹き出した。「なんで笑ってんだよ」と言うべく僕が石川を見ると、またマルコフが鳴いて、たまらず僕も笑ってしまった。それから木本もごっちも、皆で笑った。

笑っていると、なんだかもうどうでもよくなり、僕はその場に座った。

この事件を許せたりはしない。しかし仕返し、というのは確かに違うのかもしれない。ごっちを抱きしめる石川を見て、復讐《ふくしゅう》ではなく守るべきだ、と僕は思えてしまった。

臆病になっていたはずのマルコフが、座った僕のもとへと歩いてくる。

「少しずつ、マルコフも頑張ってんだな」

僕はそっと彼を抱え、包んだ。温かくて、柔らかかった。

「ぐぅあ」

唐突にごっちがマルコフの真似をした。僕らもやりたくなって、同じように真似をした。木本は飼い主にもかかわらず真似が下手で、皆はまた笑った。

いつだって最後にはこんな風に笑っていた。おかげで痛みは痛みとして残っても、僕らは絶望することなく時を過ごすことができた。

ぐぅあと言いながら、僕は心から彼らを愛《いと》おしく思った。本当に本当に、大好きだった。

マンションのほとんどの住人が部屋から出ていて、「どうした⁉」とか「なにやってんだ！」などと怒号が飛び交った。親たちも駆け寄ってきて、僕らにあれこれと質問や叱咤《しった》をした。

その真ん中で、いつまでも僕らはマルコフと一緒に鳴き合った。

ぐぅあ　ぐぅあぐぅあぐぅあ　ぐぅあ

*

小学校の真裏には一軒の古い日本家屋があり、その広大な敷地と通路は網目の粗い青の金網で仕切られている。その敷地の学校側には全く手入れのされていない岩肌のような荒れた畑、そしてその畑と金網の間には大きな梅の木が密に並んで茂っていた。

冬の時季、落ち葉になって全て振り落とされれば木々の隙間から豪勢な瓦屋根《かわら》が簡単に覗《のぞ》けるが、十月の上旬だったこの頃はまだ木々には葉がびっしり纏《まと》わりついていた。それに伴って、毎年これらの木には大量の毛虫が発生する。僕らは去年と同じく、その毛虫の群れを通学路から水鉄砲で撃っていた。

「りばちゃん。足下」

「うわ、気持ちわる、死ね」

水鉄砲の水圧で、毛虫は横滑りして排水溝に落ちた。

一年前、僕が転校して初めて迎えた秋、放課後いつもの四人はもっぱらこの毛虫退治に興じていた。きっかけはごっちが毛虫嫌いだということと、飼育委員だった彼がメダカの世話を怠ったということで担任にこっぴどく怒られた鬱憤《うっぷん》を晴らすためだった。

それぞれ五百ミリリットル程のタンクがついたショットガンのような形のエアー式水鉄砲を持参し、木についた毛虫をめがけて撃ち落としていた。結果、ほとんどが地面に落ちるだけで退治にはならないのだが、それは本当に楽しく、気持ちよかった。正義感さえもあった。しかしこの年の冬には木本は転校し、そしてその翌春、石川も転校した。意外にもあっさりと僕らは離ればなれになった。

それでも小学五年生になったこの秋も、僕らは二人で毛虫を撃っていた。

「りばちゃん、水まだある？」

「ごっちは？」

「あと、ちょっと」

そう言いながら彼はまたタンク内に空気を入れるために、水鉄砲の銃身の下部、ショットガンのフォアエンドを模した部分を何度も乱暴にスライドさせた。圧の高まったタンクから放たれた水は勢い良く飛び出したが、すぐにしおれ、目的の木まで届かなくなった。

この日、朝からごっちの動きや言葉遣いは全体的に乱雑で、僕は彼の異変をすぐに感じた。登校の時もよそよそしく、昼休みも授業中も、ここまでの彼はいつもと明らかに違った。そんなことはこの日が初めてだったけれど、かといって何があったのかは、彼が言うまで聞く事はできなかった。

「水、入れに行くか」

「うん」

僕らは再び校門を通って校舎の壁に設置された水道からタンクに水を入れた。タンクの口は意外と狭く、注意していないと水は入りにくいため、僕らは流れ出る水の先とタンクの口に目を凝らしていた。

「毛虫見てるだけで体が痒《かゆ》くなるあれってなんなんだろな」

なんとなく重たい空気を打破しようと僕はそう言ったが彼は空返事で、重たい空気はまだ停滞していた。しばらくしてごっちはようやく口を開いた。

「お姉ちゃんがね、けがしたんだ」

ごっちには九つ程歳の離れた大学生の姉がいた。僕が越してきたときにはすでに東京で一人暮らしをしていたため数回しか見かけたことがないが、それでも印象的な人だった。ごっちに似て長身で、今思い出せばまるでシャルロット・ゲンズブールを思わせる綺麗《きれい》な女性だった。

僕は水を入れながら黙って彼の話を聞いていた。

「昨日お姉ちゃんのダンスのコンクールに行ってたでしょ」

彼の姉は小さい頃からバレエをしていて、今はその経験を活《い》かしコンテンポラリーダンスの団体を立ち上げていた。

見たことはないのであまり分からないのだけれど、あらゆる事物や意味を体現するダンスなんだとごっちは教えてくれた。一週間程前のその時、ごっちが教えてくれたひとつは座禅を組んで顔を左に向け、首の後ろから回した右手でその顔を摑《つか》み、左手は正面に伸ばして少し丸めた手のひらを上にしたなんとも奇妙なポーズだった。「これが祈りのポーズなんだって」と言ったごっちに対して、僕は「これが祈りでしょ」と合掌すると「それは祈りじゃない。祈ってる風だよ」と一蹴《いっしゅう》した。「お姉ちゃんが考えたんだからこれが祈り」と彼は言って、姉のコンクールでの優勝をそのポーズをしたまま真剣に祈った。

「それでね、けがしちゃったんだ。最後の最後、高いところで片足あげてポーズしたら、バランス崩しちゃって」

「大丈夫なの？」

そうでないことは彼の様子から分かっていたけれど、僕は他に言葉が見つけられず、彼の手元をじっと見つめながらそう聞いた。

「今入院してる。背中から落ちると、危険なんだって」

僕らは黙った。ごっちの手元にあるタンクの水は満杯になり、溢《あふ》れた。すぐに僕もひんやりとしたものを手に感じた。

「これで最後にしなきゃだね。塾の時間だから」

彼は笑っていたが、目元には寂しさが滲《にじ》んでいた。ごっちに気を遣わせてしまったことを僕は申し訳なく思った。

「早いなー。よし。最後は競争しよ。どっちが多く撃ち落とせるかさ」

僕も気遣いに応《こた》えるように、わざと楽しそうに言った。

僕らは駆けて梅の木に戻り、再び毛虫を撃った。僕は一丁前に片目を瞑《つぶ》ったり、撃ち落とす度に銃口を吹いたりして戯《おど》けてみせた。あからさまな僕の態度について、本当は嫌だったかも知れない。けれどごっちは声を出して笑ってくれた。

すると突如、唸《うな》るような強い風が吹き抜けた。葉と葉の擦れる音が、毛虫たちの怒りにも聞こえる。僕がぱっと下がると風が引き返すように反対に吹き、そして静かにやんだ。下には振り落とされた毛虫がいくつも散らばっている。

「毛虫の復讐《ふくしゅう》か」

「うん、かも」

そう応えたごっちの方を振り向くと、彼の髪に一匹、そして肩に二匹毛虫がついていた。

僕は慌ててしまい、咄嗟《とっさ》に彼の頭に水を放った。ごっちは驚いてその水を避《よ》けようと暴れ、僕はそれでも彼に水鉄砲を撃ち続けた。

「ごっち！　動かないで!!」

何度も勢いよく撃ち続けてようやく三匹の毛虫はぽとぽとと地面に落ち、そしてそれらは何事もなかったかのようにまたうねり、蠢《うごめ》いた。

自分の身体から落ちた毛虫を見つめたまま、ごっちは立ち尽くした。

「ごめん」

彼の髪は濡《ぬ》れ、色褪《いろあ》せたネイビーのパーカーは水で湿った部分だけ濃くなっている。

「ごめん」

僕は壊れたコンポみたいにこう繰り返した。途中で、花火をしたあの時に石川がごっちに同じ言葉を呟《つぶや》いていたのを思い出した。

ごっちは立ち尽くしたまま微動だにせず、髪から垂れた水が一定のリズムで地面を叩《たた》いた。

すると彼は水鉄砲を落とし、唐突に座り込んで両手でその数匹の毛虫を掴み、握った。

「ごっち！　何してんの！」

僕は駆け寄って彼の手を無理矢理こじ開け、水鉄砲から外したタンクから直接手のひらに水をかけながら、タンクの口でつぶれた毛虫をこそいだ。自分の分だけでは足りず、ごっちの分の水も使った。

「ごめん、ごめんな、ごっち」

流しきれず彼の手に刺さったままの毛を抜きながら、僕は謝った。僕にもそれらが刺さったが、痛みはなかった。

「ごめん、本当にごめん」

「謝らないでよ、りばちゃんは悪くないんだから」

彼は力いっぱい、潤んだ声を吐き出した。

「僕が祈ったからなんだ。きっと何か間違えちゃったんだ」

「違うって。ただの事故だよ」

「僕のせいだ。僕がこの手で変に祈ったから」

そう言いながら彼はまた毛虫を摑もうとしたが僕は彼の手首を強く握り、それを制した。

睨《にら》むように彼の目を真っ直ぐに見据えると、目元が少し濡れていた。それは僕の水鉄砲のせいではなかった。

この先を含め、彼が泣いているのを見たのは石川の転校の時とこの時、たった二回だけだ。

「お姉ちゃん、死んじゃうかもしれない」

僕は彼を立たせ、肩を抱いて校舎の方へ歩いていった。僕らの手のひらにはまだいくつかの毛が残っていて、ぼんやりと赤くなり始めていた。

＊

あれから一ヶ月半ほど経った十一月の中旬。ニュース番組はどこも獅子座流星群の訪れを予言していて、クラスはいつもその話題で持ち切りだった。

僕らは二人とも流れ星を見た事がなく、「じゃあ屋上でさ、流れ星見ようぜ」と僕は彼を誘った。ごっちはある程度姉に関する事実を受け止めていたけれど、やはり以前ほど無邪気ではなく、そんな彼が星を見ることは気晴らしにもいいと思った。僕の誘いに彼は「うん、絶対に流れ星を見る」と意気込んでいた。

流星群がくると想定された時間は深夜二時から四時頃だった。僕らは親に相談して、母親たちと一緒に流星群の到来を待つことにした。屋上はマンション側からの許可が下りず、結局駐車場から見ることになってしまったのだけれど、それでも僕らは十分に楽しめそうな気がした。

十一月十九日、いつもは眠っている夜更け過ぎ、昔木本家の車があった駐車場に僕らは布団をひいて、そこに寝転んだ。親たちは僕らのいる駐車スペースから十メートルくらい離れた砂場のベンチに厚着をして座っていた。雲はまるで水たまりみたいにちりばめられ、その空の真下で僕らは目覚まし時計を握りながら仰向《あおむ》けになった。

もしもどちらかが寝てしまったら必ず起こす、という約束をしてはいたけれど、万が一に二人とも寝た場合でも起きられるようにと、念のために持った目覚まし時計は二時にセットされていた。僕らの目覚まし時計はほぼ同じ形で、どちらも子供の割には大人っぽいクラシックな金属の時計だった。動物の耳よろしくくっついた二つのベルの部分には深夜に鳴ってもうるさすぎないように、ガムテープを何重にも貼っていた。おかげで目覚まし時計の音はリンリンというよりもポコンポコンといった具合だったが、それでも構わなかったのは絶対に寝ないと僕らが自負していたからだった。

「なんかここからじゃ流れ星見える気がしないよ」

直接地面に仰向けになると普段よりもマンションは高く感じられ、そのせいで空が狭く思えた。

「ごっち、見て」

僕は寝転んだまま彼が教えてくれた祈りのポーズをした。

「流れ星よ、こい」

「こなくなっちゃうよ、そのポーズしたら」

彼は弱々しくそう言って、空へと伸びた左手を下ろそうとしたので、僕はぐっと力をこめた。

「お姉さんがけがしたのはこのせいじゃないから。俺が証明してやる」

本当はそうかもしれないと心のどこかで思っていた。だからほんの少し怖かった。けれど僕が実践することによって彼の自責の念が少しでも和らぐのなら、それが一番いいと思えた。

「ありがと」

そう言った彼は目を瞑って僕と同じポーズをした。

「流れ星、こい」

「目瞑《つぶ》っちゃ見えないだろ」

それでも星は来なかった。僕らは半ば飽きて、気怠《けだる》そうな寒空を眺めていた。互いに会話もなく、ポーズもだんだんと疎《おろそ》かな体勢になっていく。そして最後には寒さにかなわず僕らは全身を布団で包《くる》んだ。

それから一時間くらいたった頃だった。

まるで新品の和紙に墨で線を描くようにそれは流れた。

「ごっち、今のがあれ？」

興奮を抑えたのは故意ではなく、確証がなかったからだった。吐いた息はその位置に向かって白く空へと上がっていった。

「えっ？　うそでしょ？」

「今流れた気がする」

彼が見逃した直後にまた星が走る。

「ほら！」

その時彼は僕の顔の方を向いていて、またしても流れ星を見逃した。僕はその時の彼の顔を見ていないが、おそらく相当に歪《ゆが》んでいるであろう声を彼は漏らしていた。

「あーっ」

直後に彼の声の調子が変わる。

「りばちゃん、今のだね！」

「見れたの？」

彼を興奮させた星を今度は僕が見逃した。

「うん」

「祈り、叶《かな》ったな」

「うん」

「だからごっちのせいじゃないよ」

「ありがとう」

彼は空を眺めたまま、優しくそう応《こた》えた。

「願い事とかすんなよ、また自分のせいとかにするんだから」

「もうしちゃった」

「おい、もう勘弁してくれって」

「お姉ちゃんが早く元気になりますように」

病院にいる彼の姉は呼吸器をつけ、多くのチューブに繋《つな》がれていた。意識はあり会話もできるが動くのは顔と左手だけという状態で、とても芳しい状態とは言えなかった。

同じ流れ星が見られずにいまいち盛り上がりに欠けていたのは十五分くらいだったろうか。僕らがちょうど黙り始めたころ、突然それはやってきた。「ギュンギューン」とか「スゥィンスゥィン」とか、そういった漫画のような音が実際に聞こえてきそうなほど、群れをなした流星が空を飛び交ったのだ。

「ごっち、来たよ、本当に来た」

無反応な彼を見ると、ごっちはすっかり目を閉じていた。僕は真上の空と左にいるごっちを交互に見ながら揺すったのだけれど、それでも彼は起きなかった。しかたなく左に向き直り激しく彼を揺さぶっていたその時、ごっちの目覚まし時計が彼の手の中で鳴った。遅れて枕もとに置いてあった僕の目覚ましも鳴った。

少しずつ二回驚いて、僕は自然と彼を揺すっていた手を止めた。上半身を起こし、そして起きる気配のないまるで人形のような彼を真上から見つめた。

だらしない口元と少し開いた目と少し癖の入った柔らかい髪の彼を見ていると、友人という言葉だけではどこか足りない気がして、僕は一人っ子だけど、彼が自分の兄のような、それでいて弟のようなものに近い気がした。もちろんそれはあくまで感覚なのだけれど、僕はそうしっかりと体感した。

ふと、父がよく聞いていた吉田拓郎の歌詞が頭によぎる。その〈たしかなことなどなにもなく、ただひたすらに君がすき〉というフレーズは、あまりにもぴたりと僕の感情と一致した。それは恋とか愛とかの類《たぐ》いではなくて。

僕は彼を起こす事をやめた。ひとつだけ見たという流れ星が彼を眠らせたならそれで十分だと思った。

彼の手の中にある体温で温かくなった目覚まし時計と、放られたまま空気で冷たくなった自分の目覚まし時計をそれぞれ止め、僕は静けさを取り戻した駐車場からまた流れ続ける星を見た。

第三章　25歳　シングルモルトウィスキー

ベッドで横たわる彼を見つめる。消えた天井の照明とその周りのざらついた天井を眺めながら、あの獅子座《しし ざ》流星群の日を思い出す。あれから彼は、流星群に代わる輝輝とした儚《はかな》い物事の数々を見てきたはずだった。ただそれはめまぐるしく、多すぎたのかもしれない。

「男？　女？」

「じゃあ、男」

先ほどまで裸だった彼は高級な服とその香りを身に纏《まと》っている。

おそらくオーダーメイドであろうそのスーツには小さな千鳥格子が綺麗《きれい》に配列され、そのスーツの縁をなぞるようにピンクのステッチが入っている。皺《しわ》のないその生地は部屋の外から僅《わず》かに入る光を柔らかく丁寧に反射し、まるで彼自身が微々に光を放っているようだった。

上を向いて横たわったままの彼の隣に僕も横になる。シングルモルトウィスキーを飲みながら、彼が出かける時間を待った。

第四章　17歳　Dr Pepper

「僕らの地図もさ、これと同じなのかな」

夏休み明けの夕暮れにもかかわらず残暑は厳しくて、僕らは二人とも二ヶ月前と同じように、白いワイシャツの長い袖《そで》を肘《ひじ》の下あたりまで捲《まく》りあげていた。高校指定の紺色のズボンは、太陽の光を吸って熱くなっている。

僕はズボンの内側に入れていたワイシャツを外に出し、僅かに涼しい空気を内側に送り込むために片手で裾《すそ》をぱたぱたとさせ、二人でDr Pepper《ドクターペッパー》を飲みながらごっちの冗談めかした言葉に応えた。

「かもな、でも俺にはこんなかっこいいことは言えないわ」

坂の途中にある渋谷クロスタワーの二階のテラスには手を組んだ尾崎豊《おざきゆたか》のレリーフがあって、横には彼の曲である「十七歳の地図」の歌詞が彫られている。僕らはそれを挟むように壁に寄りかかり、246を眼下に眺めていた。周囲には油性マジックで書かれたファンの無数のメッセージが溢《あふ》れていて、その熱量を含んだ文字たちは多少の奇妙さも醸し出していた。

「『ファレノプシス』、やっぱやめようよ」

今月末、僕らは文化祭にバンドという形で参加することが決定していた。文化祭では誰でも申告すれば歌やダンスや演劇などのパフォーマンスを披露することができる。

「なんで」

「同じ高校の先輩で、しかも同い年の人がこんな名曲書いたんだよ。本物の才能を目の当たりにして、僕にどうしろっていうのさ」

そういう彼に対して、僕はいつも同じ気持ちだった。

＊

僕とごっちが同校生だったのは同じ大学附属の中学校を共に受験したからだった。僕は、再び転校することのないように東京の私立中学を受験する事に決めていた。私立に入れば転勤があったとしても父は単身赴任するしかなくなると、僕はごっちたちと仲良くなってからそう考えていた。ごっちは興味本位だと思うが、僕の塾に通う様子を見て、自分も受験することに決めた。結果、僕らは無事に合格した。そして案の定、父はまた大阪へと単身赴任をした。

そういったことがあって、僕とごっちは離れることなくずっと一緒にいた。とはいえ共通のクラスになったのは高校一年だけで、なおかつ中学三年の時に僕らは引っ越しをした。僕は隣町への引っ越しだったけれど、彼は学校を中心にして僕の家から真反対の方角になってしまったから、同じ電車に乗って登校する、ということは以後なくなった。それでも僕らの登校が完全に別々になるということもなく、転居後もほとんどの朝を渋谷駅のデュポンで待ち合わせをし、そこから学校までの距離は二人で登校していた。毎日ではなく、ほとんどというのは、彼にもそれなりの事情があったからだ。

「人工呼吸器の管、自分で切ったんだって」

中学三年生の六月、ごっちの姉が死んだとき、彼はえらく落ち着いていた。この数年で、彼はぐっと大人っぽくなった。

マンションのベンチに放課後僕らは並んで座っていて、僕は父が単身赴任の際に置

いていったギターを膝《ひざ》に置いたまま、ごっちの方に振り向いた。彼は湿った砂場ので

こぼこと水たまりをじっと見ていた。

「一ヶ月くらい前からね、お姉ちゃん、趣味で切り絵を始めたんだ。リハビリも兼ねてだけど、毎日色紙で文字とか動物のシルエットとか、そういったのを切って作ってた。だんだんうまくなってくんだよね。でも昨日、そのはさみで人工呼吸器の管を切ったんだって。初めからそのつもりだったんだよ」

「そんなことってできるんだ」

「そううまくいかないから、管は傷だらけだったらしい」

僕はその管をイメージしてみた。

「蛇のお腹みたいな感じ？」

「はは。そんなにキレイじゃないと思うけどね」

僕が砂場の方をまた向くと猫が横切った。

彼の姉が落ちてから、ごっちの家族は懸命に病院での看病に当たっていた。しかしその願いも虚《むな》しく、容態はほとんど変化しなかった。

「やっぱり、自分責めてる？」

「責めてないよ。むしろハッピーエンドだと思ってる。あんまり上手《うま》く言えないけど、

ほんとうに」

「うん」

「だからね、全然悲しくないんだよ」

横切った猫がまた戻ってきて、こちらを向いて立ち止まった。

「どんな顔してた？」

「うん？」

「ごっちの姉ちゃん、どんな顔してた？」

「死んだとき？」

「うん」

「浮世絵の女の人」

「は？」

「そんな顔だった。つるんとしてた。とてもきれいだったよ」

「そう」

しばらく僕らは黙った。なんとなく僕が一度ギターをかき鳴らすと、コードAの和音に少し残響が絡んで重たそうに駐車場に広がった。

「なんか弾いて」

「何がいい」

「『In My Life』」

ギターを始めて一年ほど経ったこの頃、僕はもっぱらビートルズを練習していた。僕たちと並んでベンチの上に置かれていたビートルズの簡単な楽譜本を僕は手に取り、Iの項目を探した。

「下手だけど許してな」

「In My Life」のページを開き、僕は彼に譜面台になるようお願いした。彼は両手で本の左右をぴしりと開き、腕を軽く伸ばした。そして少しだけ僕の方に寄せた。

僕はそれを見ながらいくらかまとまりのない和音を何度か鳴らし、相当簡略化されたイントロを奏で、そしてハリウッド映画の邦題のようなカタカナの発音で「In My Life」を歌った。

僕の歌を聴きながら、ごっちは肩を左右に揺らし、リズムをとった。僕が間違えても、彼は僕に合わせて修正し、また体を揺らした。

途中からごっちも歌った。初めは口の辺りの空気にだけ聴こえるように歌っていたが、少しずつ、大きく歌うようになった。楽譜本の歌詞と宙を交互に見ながら、僕らは歌った。大して英語は分からなかったけれど、声に出した単語から彼がなぜこの曲を選んだのか分かった気がした。

今なら特に。

「ありがと」

彼はとても穏やかに笑っていた。

「ギター、僕も始めようかな」

「少しなら教えられるから、やってみれば。これ貸してあげるし」

そう言って僕がギターを差しだすと、彼は楽譜を丁寧に閉じ、それを受け取った。

「姉ちゃんさ。いつも言ってたんだ。失敗しちゃったけど後悔してないって」

「うん」

「姉ちゃん、やってよかったんだよ。コンテンポラリーダンス」

彼はギターの弦をひとつだけ鳴らした。フレットに当たったせいで金属音も加わって響いた。

「来月引っ越すんだ」

「急だな随分」

「親たちがね、結構参っちゃってるから。治療費でお金もなくなってきてたしね。姉ちゃんはそういうのも分かってて切ったんだよ、きっと」

　それから彼は適当にギターの弦を押さえて鳴らしたが、あまり上手く響かず和音はすぐに止まった。僕はひとつだけ、Aのコードを教えた。

「Aが、ドレミでいうラだから」

「そうなんだ、難しいね」

　彼がそのAの和音を鳴らすと、ぎこちなく、それでもなんとかゆっくりと暗くなっていく夕空へと響いた。彼はまた、そっと笑った。

＊

「大丈夫だって、いいじゃん『ファレノプシス』。俺好きだし」

「嬉《うれ》しいよ。でも、コピーでいいって。一曲だけ自分たちの作詞作曲とかやっぱり変だよ」

　そう言って彼は向きを変え、レリーフの横の壁に背を向けてもたれかかり、既に少なくなったＤｒ Ｐｅｐｐｅｒをごくりと飲んだ。その彼の手からはぽたぽたと結露の水滴が垂れていて、熱くなった地面に落ちた。

ギターを弾くようになって、彼は以前よりも明るくなったように思う。

「でもさ、なんで蘭なの」

彼の書いた歌詞について質問しないと決めていたにもかかわらず、僕は暑さにかまけてつい聞いてしまった。ファレノプシスが蘭の学名ということは彼の書いた歌詞に書かれていた。

「どういう意味」

Ｄｒ Ｐｅｐｐｅｒを飲み干し、手についた結露をしっかりとシャツで拭《ふ》いてから彼は言った。

「なんで、蘭の歌詞、作ったのかって思って」

僕は引き下がれず、遠慮気味に低い声で言った。

「今言いたくない」

「なんで」

彼の表情は意味ありげで、僕は余計に気になった。自《おの》ずと語気が強くなる。

「個人的な理由だし」

「別にいいよ」

「ダメなの。文化祭終わったらね」

これ以上しつこく聞いて彼の機嫌を損なうのも悪いと思い、分かったよ、と僕は折れた。

彼の手から地面にこぼれていた水滴は既に乾いていて、初めから何事もなかったかのようになっている。

*

文化祭開催日は、銀杏《いちょう》の葉がまだなんとか例年より青みを保ち、校内は様々なデコレーションで華やかに彩られていた。僕らを含む学校に訪れた幅広い年齢層の人々はドクダミの匂いに包まれ、あちらこちらとせわしなく校内を行き交っていた。

一度、校門を入ってすぐにある左側の花壇の前のベンチに女の子と母親らしい人が座っているのを見た。

「二人とも能面みたいな顔をしてるわ」

「りばちゃん、失礼だよ」

僕らは遠くからぼんやりとその様子を見ていて、力なく会話をしていた。それは明日《あした》に差し迫った演奏のせいでもある。しばらくして、おそらく後輩だろう女子生徒がベンチに近づいた。どうやら二人を迎えに来たようで、その生徒がベンチに座って三人並ぶと、また全く同じ顔をしていたのを僕とごっちは見てしまった。

その血の強さに僕らはたまらず大きく吹き出してしまった。

「スロットだったら大当たりだぞ」

「失礼だって」

「スリーセブンならぬスリーノーメンだな」

「だから、ダメだって」

「遺伝子反映されない父親に同情するわ」

「りばちゃんは本当に不謹慎なやつだ。でも数字で言うなら7じゃなくて6って感じだよ」

「そしたらオーメンじゃねーか」

僕らは顔の持てる筋肉全てを使って、笑った。

文化祭は二日間で、僕らの出番は二日目の昼過ぎだった。

その日の空は秋らしい気まぐれな天気で、急に激しい雨が降りだし、おかげで礼拝堂には前日よりも客が集まった。

持ち時間は三十分で四曲を演奏する。曲順は斉藤和義《さいとうかずよし》「幸福な朝食　退屈な夕食」、

WEEZER「Beverly Hills」、OASIS「Champagne Supernova」そして「ファレノプシス」だった。

祭壇のステージに上がると、集まったように思えた客も思いの外まばらで、ただ無表情にこちらを眺めている。全員を手際よく見回すと半分くらいは同級生の友人だと分かった。ばたばたと窓を殴る雨の音。

「どうもデュポンです。よろしくお願いします」

後輩二人を誘い込んで完成させたバンドの名前がデュポンだったのは、僕らの待ち合わせ場所に由来したが、後輩らにはそこは伏せ、ただ響きがいいという理由にして伝えた。彼らは「いいっすね」となぜか好感触だった。

文化祭の前日にリハーサルをした時は楽器も機材も僕も全て問題なかったはずなのに、僕の挨拶《あいさつ》の間、ハウリングの音が客席の耳たちを貫いていた。湿気による影響なのだろうか。

僕の動揺を遮るようにドラムが鳴る。ベースとごっちのギターが上手《うま》く重なった事に安心する暇はなく僕は「幸福な朝食　退屈な夕食」を歌い始めた。出だしは順調だったが緊張でブレスのタイミングを幾つか逃してしまい、所々声がか細くなった。その度にごっちのコーラスが聞こえ、僕はなんとか持ちこたえる。安っぽいハンドメイドの照明が僕らを照らす。

今歩いているこの道がいつか懐かしくなるはずだ

最後の歌詞を歌い終えた瞬間、やっと背中に汗が流れていることを知った。客がノッていたのかどうか皆目見当もつかなかったが、「Ｂｅｖｅｒｌｙ Ｈｉｌｌｓ」のイントロで聞こえたのが僕の手拍子だけだったということは、それほど成功はしていないのだと思う。

次の曲になろうと僕らの音だけが礼拝堂に騒々しく鳴り響くという状況は変わらず、早々と最後の曲がきた。歌詞を頭の中に思い浮かべる。

「ファレノプシスと名付けるわ」

君はビルを指差しそう言う

「それは、男？　それとも女？」

僕は小馬鹿にして尋ねた

僕が作ったメロディーにもかかわらずこの曲は僕に対して反抗的で、いつになく歌いづらかった。壁から跳ね返ってくる自分の声もまた煩わしい。

ただそれでも僕を慰めるように優しいシンバルの音がモニターから聞こえる。ベースが僕の体をそっと震わせ、コーラスのごっちの声は優しい。それは喫茶店でするうたた寝のように心地よい空間だった。僕はそれに身を委《ゆだ》ね、歌った。

僕は確かに感動をしていた。いつ喉《のど》が詰まっても変ではないほどに。

蘭…　蘭…　蘭…　蘭…　蘭…

ファレノプシスは短い歌で三分程度のはずなのだが、それよりも遥《はる》かに長い時間を体感していた。歌い終わったことにも気付けないほど僕はすり減っていたが、パチパチと、本当にパチパチ程度の音だけは聞こえていて、それが雨音ではないことを願いながら僕はお辞儀をした。顔を上げごっちの方に視線をやると彼も僕を見ていて、ごっちは鼻をつり上げ大きくそこから息を吸い、ほんの少し意地悪な笑みを浮かべた。

演奏終了後、早々に次のバンドの準備が始まったので、僕らは余韻に浸る暇などなく、ステージの前面から降りた。それなりに労《ねぎら》いの言葉を掛け合い、それからすぐに僕は自身の非力な歌唱力について謝った。ありがとうと言うのをすっかり僕は忘れている。「緊張したね」とごっちは僕に言ったけれど、彼が緊張しているようには全く見えなかった。

「写真撮りましょうよ」

ドラムを担当していた後輩がそう提案したので、僕らはそれぞれのカメラを出した。この時僕とごっちの中でインスタントカメラのブームが再燃していて、それらを出すとデジタルカメラを持った後輩二人は「昭和じゃないっすか」と誇張した言葉を放った。

「ばか、こっちの方が味があんだよ」

まず一枚目、僕ら四人はぐっと寄り、一番右にいたドラムの後輩が右手を伸ばし僕らにレンズを向けてデジタルカメラのシャッターを押した。自分撮りの画像を確認すると、その後輩だけが微妙な笑顔で写っていた。

「お前だけしか写ってねーじゃんよ」

何度か繰り返し、一枚だけなんとか全員が収まった写真を撮ることができたがとても満足な一枚とはいかなかった。

「あんまりいい写真じゃねーけどな」

「文句ばっかり言わないでくださいよー。しょうがないんであとで誰かに撮ってもらいましょ。あ、昭和カメラで先輩たち二人の写真、撮りましょうか」

「バカにしすぎだぞ」

「ありがとうね」

　ごっちだけが優しくお礼を言った。

「ハイ、ショーワ」

　後輩の嫌みなジョークのおかげで、僕らはとても自然に笑えた。演奏の邪魔にならないようシャツのボタンとボタンの隙間に捩《ね》じ込んでいたネクタイは、すでにほとんどがはみ出していた。

「お前な、もっと先輩を敬えよ」

「あのー……」

　僕らのもとに一人の女性が駆け寄ってきた。

　振り返ると、昨日見た後輩の能面がそこにいた。

「鈴木先輩、かっこよかったです。またライブやってください」

　彼女はそれからごっちに手紙を渡した。僕らはあまりにも不意で驚いたまま、止まっていた。

「あのすいません、写真撮ってもらえませんか」

ドラムの後輩が、真剣なお願い半分、茶化し半分でそう頼んだ。

「い、いいですよ」

気の弱そうな能面はデジタルカメラを手にし、そしてか細い声で「ハイ、チーズ」と言った。

「ありがとうございまーす。あ、お礼に写真撮りますよ。鈴木さんとのツーショット。いいっすよね？」

後輩はからかっていたが、ごっちも断ることができず、能面はそれに便乗し、自分のカメラを薄汚れた紺のバッグから出した。

「鈴木さん、ほらもっと近づいて。笑顔笑顔」

後輩がようやくシャッターを切った頃には二人はかなりの至近距離で、まるで付き合いたての恋人のように照れていた。

「ありがとうございました」

能面は限界だったのかカメラを奪い返し、顔を真っ赤にして逃げるように礼拝堂から走り去った。ごっちは啞然《あぜん》としたまま立ち尽くしていた。

「さすが先輩っすね」

「手紙、早く読んでくださいよ。あっ、声に出してお願いします」

「好きでそうろう、とか書いてあったりして」

後輩たちは生意気に先輩を茶化し、僕も少しだけ彼をからかった。

手紙には丁寧な装飾が施されていて、そのように用意しているということはつまり、彼に対する能面の評価は演奏とは無関係のところにあるということを証明している。しかしながら、彼女がごっちの最初のファンだということは紛れもなく、そして絶対に変わらない事実だ。

僕と後輩たちはいよいよたまらなくなって、大声で笑った。ごっちももう笑うしかないといった具合で、恥ずかしそうに目尻《めじり》に皺《しわ》を寄せて笑った。僕ら全員、しばらく笑い続けた。

すると急にごっちの表情が収まった。彼の視線と同じ場所を見るとそこには三島《みしま》さんが無表情に立っていた。僕らも先ほどまで笑っていたとは思えないほど、唐突に黙った。

ごっちはしばらく目を見開いたまま彼女と視線を合わせた。そしてそこから十メートルほど離れた彼女に対してゆっくりと小さく手を合わし、顔を申し訳なさそうに歪《ゆが》めて、謝罪の意を表していた。雨は一層激しく窓をノックした。

第五章

24歳　ミネラルウォーター

あのドキュメンタリー番組から五日経った金曜日のちょうど日が沈んだ時刻、帰ってくるなりバスタオルを持ってくるよう母に頼んだ。傘を持ってはいたが予報通り降った雨は予想以上に激しく、僕は着ていた服の全てを玄関で脱ぎ、そのまま風呂場《ふろば》へと向かった。シャワーを浴び、Tシャツに着替え、ごま油の香りに誘われ食卓に行くとすでに夕食はできていた。ごぼうと蓮根《れんこん》と鶏肉の炒《いた》め物が出てきて、どうやら麺《めん》つゆでサボったであろう味つけだった。

テレビは5チャンネルを映している。そのうちに音楽番組の生放送が始まり、サングラスがトレードマークの司会者と女子アナウンサーが軽い会話をしてから本日のアーティストを紹介した。それぞれのアーティストの楽曲が流れる中、四、五組ほどのアーティストが順番に階段を下り、カメラの方を見たり見なかったりしていた。

ゲストの一人である三井聖《みついせい》は、細身の黒いレザーのシングルライダースにデニムという出《い》で立ちで現れ、女性アイドルユニットと香凜《かりん》の間に立った。履いている黒いコンバースは彼の無鉄砲な無骨さを強調した。そのような大人びた格好と彼の若々しい顔つきは決して不釣り合いではなく、むしろ似合っていた。

「初登場の三井聖さんでーす」

司会の人に紹介された彼は両手でマイクを持ち「よろしくお願いします」と言って小さくお辞儀を二回した。

ごぼうと蓮根の土っぽい香りが僕の口に広がる。

しばらくは雛壇《ひなだん》の後ろに並んでいて時折、他のアーティストの話に頷《うなず》いたり笑ったりしていたが、それは自分も映っていることを知った上での意識的行動に思える。

アイドルユニットの歌が終わり、再びトーク席の画面に戻ると三井聖は既に司会者の横に座っていた。そして女性アナウンサーが主演映画と連動して白木蓮吾が三井聖という役名でCDデビューする旨を説明した。

「どう、やっぱり初めての歌は緊張する？」

隣の男性司会者はマイクの下の方を持ちそう尋ねた。

「とても緊張しています」という彼の物言いには、やはりそれを感じさせるようなニュアンスを少しも含んではいない。

そして「この映画の見所はどこですか」と尋ねられた彼は、もう既に二百回以上同じ返答をしたであろう慣れた口調で、すらすらと、僅《わず》かに早口でそれに答えた。なんの問題もないアンサー。余分な言葉を含まない純度の高い適切な言い回しは彼の印象を嫌みなく洒脱《しゃだつ》に見せることに成功していた。

そして、歌のスタンバイをした。

ピアノのイントロが流れてくる。わざとフォーカスをぼかした映像の奥にはコンバースとパンツの裾《すそ》が映っていて、次に切り替わった画面では、彼の顔が正面から大胆に映しだされた。

曲のタイトルが表示される。

「その先へ」というタイトルの下には作詞白木蓮吾とクレジットが見られた。

息を吸い込む音がマイクに伝わる。歌いだした最初の歌詞は「I know who you are」となっていて、僕は驚いた。彼が以前書いた「ファレノプシス」には英語で表記するような歌詞は全くなかった。

シンプルな淡い色のセットにバンドを構え、黒いギブソンの弦をかき鳴らしながら彼はその英語と日本語の混ざった歌詞を歌った。ギターも歌も、僕よりは上手《うま》い。

歌う彼は勇ましく、嬉々《きき》としていた。これほどまでに堂々とできるのであればやはり文化祭でも彼がギターではなくボーカルをするべきだったと改めて思った。かといって、僕がこの曲を肯定することは「この先も」絶対にない。

歌はフルコーラスで、序盤からだんだんとリズムを取っていた彼の動きは間奏が終わった所からより激しくなった。同時に、彼の歌声にも気迫が混じる。それを煽《あお》るようなカメラワーク。ブレスのタイミングで首を右に振ると、遅れて柔らかな前髪が戻ってくる。

あの六本木ヒルズのテレビ局で、たった今ごっちは歌っている。そう思うと不思議だった。

包括して言えば、「その先へ」という歌詞が七十回以上出てきたような印象の曲で、聞き覚えのあるラブソングたちをいっぺんに寸胴《ずんどう》に入れてドロドロになるまで煮詰めたような、しかし随分と薄味の——とかくそんな歌だった。もちろん最後の歌詞も「その先へ」だ。

歌い終えた後、彼は拍手の中でまたお辞儀をしたが、今度は登場の時よりも深かった。上体を戻すと彼は目尻に皺を寄せて微笑み、手を前に組んだまま首だけで数回会釈をし、謙虚さを演出した。

すっかり止まっていた手を僕は再び動かして鶏肉と白米とを同時に食べたが、あまり味がしなかった。狂った舌にミネラルウォーターを注ぎ、僕は「ごちそうさま」のあとに「残りは明日《あした》の朝食うから」と添えた。

僕は自分の部屋に戻って、クローゼットの上の棚にある透明なプラスチックケースを取り出した。中には大学進学の際に捨てきれなかった大事なものが入っていたはずなのだが、ほとんどがなんだったか思い出せない。キーホルダーやら鍵《かぎ》やら、何も書かれていないCDやら――。底にはクリアファイルが敷かれていて、捜していた紙はやはりそこに挟まっていた。「ファレノプシス」の歌詞と楽譜はごっちの直筆のコピーだった。

ファレノプシス

「ファレノプシスと名付けるわ」

君はビルを指差しそう言う

「それは、男？　それとも女？」

僕は小馬鹿にして尋ねた

白い息をそっと　見上げた君は
笑い直して「じゃあ女」

蘭…　蘭…　蘭…　蘭…　蘭…

27年と139日後
ある一冊の本を読んで知る
ファレノプシスは胡蝶蘭《こちょうらん》と
「あのビルのどこに花らしさが？」
聞きたいけれど　もう聞けない
ビルは言った「今更だな」

蘭…　蘭…　蘭…　蘭…　蘭…

「もう取り壊されるらしい」
無慈悲な噂は形になった
枯れていくようなコンクリート
あぁやっぱり花かもな

「人も同じよ」君の声が聞こえる
笑い直して「難しいの」

蘭…　蘭…　蘭…　蘭…　蘭…
蘭…　蘭…　蘭…　蘭………美しい

読みながら僕はこの歌をぼそぼそと口ずさんだ。だんだんと久しぶりに弾いてみたくなり、腰を上げずに手を限界まで伸ばしてギターのネックを掴《つか》んだ。AやGmやCadd9などが歌詞の至る所にちりばめられ、僕はそれをすくい取るように見ながらギターを弾き、部屋で一人歌った。

七年ぶりに歌うと、なんとも高校生が自己陶酔し酩酊《めいてい》状態で書きそうな歌詞だとも思ったが、僕はこの歌詞が本当に好きだった。初めて歌詞を見たときは安易ながらにもデビューさえできれば三十万枚くらい軽く売れるんじゃないかと、その方法を大真面目に考えていた。

＊

文化祭の翌日には後夜祭があり、その日は昨日の雨の面影をいっさい残さずに晴れていた。昼過ぎに後夜祭が終わり、僕らはいつものように美竹公園に行った。学校から246を下ったところにやたらサインが置いてある黄色い看板の帽子屋があり、そこを右に曲がってしばらく下に行った所に美竹公園はある。そこは僕らのたまり場だった。「みたけ公園」「ビチク公園」と、人によって呼び名は異なるが、それらはどちらも同じ公園を指している。

公園は大きく分けて二つに区分されており、大部分を占める通り側は親子連れがたむろしやすい開けた空間になっていて、中央には中が空洞の大きな青い球体の遊具がある。そこを抜けたもう一方はそれほど広くはなく、左側には柵《さく》で囲われたバスケットコートが設けられ、真ん中には直径三メートル高さ一メートルくらいの円形の植え込みがあって、その上には根を露《あらわ》にした巨大な木が生えている。大木を中心にしてバスケットコートの反対側には、だいたい一人、頑張って二人くらいしか座れない石のベンチが全部で四つと二つのスプリング式遊具と水飲み場があって、それらの後ろには立派なブルーシートの家が建っている。スプリング式遊具のひとつは真っ赤な蟹《かに》の遊具で、もうひとつも赤いのだが、それは馬のような得体の知れない動物を模していた。こちら側には親子連れはあまりおらず、人もあまりいない。時折、バスケットボールをしている男たちがボールの跳ねる低い音を唸《うな》らす程度で、基本的には静かな空間だった。僕らは放課後によくここへ来ていた。

この日もいつもと変わらず、ひとりずつ石のベンチに僕らは座った。この時ごっちが座ったベンチには日差しと陰の境界線がちょうど真ん中にできていて、半分は太陽に睨《にら》まれるように照らされ、もう半分は葉を茂らせた大木の木陰となっていた。ごっちはそのベンチの日差し側に座って顔を空に向けていた。あまりの眩《まぶ》しさに目は開けていられないようで、彼は握るようにまぶたを閉じていた。

「三島さん怒ってた？」

昨日の三島さんの表情は、決していい事がある前触れを予感させる顔ではなかった。

「怒ってないけど、なんかね」

彼は目を瞑《つぶ》ったままそう言った。

「『ファレノプシス』だな」

「ほんと。難しい」

彼は日光に飽きたのか、少しずれて陽と陰とのその境目に座り、鼻筋にその境界線を重ねた。

＊

三島さんは、高校に入学してごっちが最初に付き合ったひとつ上の先輩で、美人だった。淡白な顔だけれど内在する強さがそこに見受けられ、つぶらで黒めがちな目が印象的だった。

高校にやっと慣れ始めた一年生の七月、期末テスト最終日の朝に僕がデュポンの前で彼を待っていると、山手線の改札の方から降りてくる彼の様子はいつもと違った。わざとらしく猫背な彼に詳細を尋ねると、電車の中で同校の先輩に突然声をかけられ、手紙を渡されたということだった。歩きながら読ませてもらった手紙の内容は、つまりこういうことだった。

いつも私と同じ電車に、音楽を聴きながら本を読んでいる男の子がいて、その制服は私と同じ学校のものでした。私は高校二年生の三島藍《あい》です。親しくなりたくてこのような手紙を書かせてもらいました。連絡待ってます。

その下に携帯電話とメールアドレスがあった。品性の表れた筆跡から、悪意のあるものではないことは明白だった。

「その人のこと知ってた?」

僕が尋ねると、彼は頷《うなず》きぼそっと、

「きれいなひと」

と言った。

翌日から始まったこの年の夏休みの数日間をごっちは三島さんと過ごした。趣味が似ていた彼らは親しくなるのも早かったようで、その内の一日は僕も一緒に参加した。映画を見て、ラケルでオムライスを食べ、セガでボウリングをした。僕のスコアが酷《ひど》くて奢《おご》る羽目になったあの日以来、僕はボウリングをしていない。

渋谷からの帰路は僕だけ東横《とうよこ》線で彼ら二人は山手《やまのて》線なので、駅で解散した。何事もなく僕は家に着き、深夜のバラエティ番組を見ていたところで、電話が鳴った。

「もしもし」

「告白された」

ごっちは開口一番そう言った。僕が去った後、彼女から電車の中で。

「それでなんて言ったの」

「なんか、はい、って言ったみたい」

おめでとう、とすぐには祝いにくい口調だった。

「好きなの？」

「わかんない。嫌いじゃないのかも」

「そう。まぁいいんじゃない。おめでと」

「ありがとう」

煮えきらない内容の電話ではあったけれど、徐々に恋愛感情が固まっていくというケースもあると聞いた事がある。僕は心配する必要はないと、再びテレビ画面に視線を戻した。

＊

「別れちゃうよ。きっと」

あっさりと彼はそう言い捨て、目を瞑ったまま徐々にぶらぶらと上半身を揺らし、日差しと木陰を行ったり来たりさせて遊んでいた。

「三島さん家《ち》、医者だから。大学は医大受験するらしくて。勉強の合間縫ってきたのに、嫌なもの見たとか言われた」

「あいつ能面じゃなくてむしろ般若《はんにゃ》だな」

「まったく。手紙の中に入ってた写真はまさしくそう」

「ひどいな。でもなんで写真とか入れるんだろ。一回見たら忘れないけど」

埃《ほこり》臭い風が流れてきて僕らの下品な笑い声を包み去っていった。

「あ。もしかして『ファレノプシス』さ、あれ三島さんのことなの」

僕は閃《ひらめ》いたように、そして茶化すように彼にそう言うと彼は揺れたまま左目だけを開けて僕を見た。

「ないない。彼女の為に歌詞書くとか普通できないよ」

「だよな。でも尾崎豊はやりそうだ」

数ヶ月後、ごっちと三島さんは本当に別れた。

「じゃあ教えてよ」

「何を」

彼の影が後ろに伸びていて、まるで振り子時計のようになっている。

「『ファレノプシス』だってば。なんで蘭なの。文化祭終わったから教えてくれんだろ」

「いいけどがっかりしないでね」

案の定がっかりした。蘭という着想をまさか大手ラーメンチェーン店の名前から得ていたなんて思いもせず、彼はすっかり僕を愕然《がくぜん》とさせた。

「でもタイトルだけで歌詞は全然違うからよかった」

「違わないよ」

「え？」

「こないだ取り壊されてた、ラーメン屋が入ってたあのビルの歌。ラーメン屋の店員が男か女か分からなくて。あとラーメンって本当に作るの難しそうだなって思ったんだよ。ちなみに白い息ってのがラーメンの湯気で、日付が……」

途中で遮ったのはもう十分だったからだ。知りたくもないメタファーの答え合わせができるほど僕は平気ではなかった。悔しい思いもほどほどに僕はすっかり呆《あき》れ、詐欺にでも引っかかったように落ち込んだ。虚脱する僕を尻目《しりめ》に、彼は揺れ続け、戯《おど》けていた。

＊

七年というのは、彼のいたずらな性格をまるごと詰め替えるのに足りうる時間なのだろうか。誰でも作れるようなラブソングを書いて彼は満足しているのだろうか。それともあの「その先へ」にも、メタファーが。

いくら今の彼に不満を抱こうと、これは僕の介入できる問題ではない。彼自身がそこに身を置くことを決め、全うしているのだ。

とどのつまり彼は、そういうところにいる。

今にも動き出しそうな歌詞とコードは紙の上で乱雑にひしめき合い踊る。そのうちの幾つかは彼の落書きで、模様のついた傘の柄に音符や時計や靴がぶら下がっていた。空から降ってきたそれらの傘たちはゆらゆらと今も惰性で揺れている。深夜なのに目の冴《さ》えてしまったその子供たちと傘をそれぞれ僕は左の親指で押さえ、眠らせた。コピー紙を戻したクリアファイルは机の引きだしにしまう。

僕はあくびをし、続いて胃がごねるように鳴った。

あの歌で消化が促されるなんて自分が情けない。どんな過去もいつかは美化されるのだろうか。そうだったらいい。

僕を押さえかけていた巨人の指を両手ではねのけ、再びキッチンに向かった。

第六章

17歳 コーラと加糖缶コーヒー

岡村《おかむら》と名乗る男性の横で、赤城《あかぎ》と名乗る女性は落ち着きなく周りを見ていた。

「岡村さん、なるべく早めでお願いします」

公園での撮影にはたいてい許可が必要なのだが今それを断る時間はなく、公園の管理者に見つからないうちに早く撮影を終わらせようと赤城さんは岡村さんを急《せ》かした。

「分かってるよ、二人ともすぐ終わるから目閉じないでね」

声を殺して岡村さんは言った。

「じゃ、二人とも笑顔でよろしく」

わざとらしい笑顔を浮かべ、赤城さんは僕らにそう指示をした。先ほどまでコツコツ鳴っていた赤城さんのヒールは、今はジャリジャリと公園の砂に擦《こす》れる音を奏でていて、それにデジタル一眼レフのシャッター音がかぶる。

僕とごっちが肩を組んでいるせいで、互いの制服の肩の部分が山のように浮き上がっていた。頬が触れるほどまでに寄せていた僕らの顔の間にその山は割り込もうとしていて、もちろん邪魔に感じていたが、この体勢は彼ら側からの要望だったためにどうすることもできなかった。

「なんで、デジカメなのに、カシャって音するの」

僕らは二人ともカメラのレンズに顔を向けていて互いの表情を確認する事はできなかったが、それでも彼がほとんど口を動かさず表情を維持したまま僕に話しかけていると推測ができたのは、話しぶりが腹話術師のようだったからだ。

「自己満足かもね」

僕もその腹話術を真似て、上下の歯を合わせたまま応《こた》えた。ただそのシャッター音のおかげで岡村さんが僕らの写真を何枚ほど撮ったかが分かる目安にはなった。

「りばちゃん、どんな顔してんの」

「ごっちは」

「わかんない」

「俺も」

しばらくすると一定のリズムを刻んでいたシャッター音が途切れ、岡村さんはファインダーから少し赤らんだ目を僕らに見せた。肉眼で僕らを一瞥《いちべつ》した直後、花粉の疼《うず》くような痒《かゆ》さを投げ捨てるようにくしゃみをした。「ごめんごめん」と岡村さんが言いかけたところで、機会を見計らっていた赤城さんが「とりあえずこの辺で」と遮った。症状の辛《つら》そうな岡村さんは肩で鼻を擦り「どう?」と、撮ったばかりの僕らの写真を赤城さんに見せた。

「うん。とてもいいわ。うん、あの子たちより君たちの方が断然いいわよ」

液晶モニターを見ながら頷《うなず》きつつ言った彼女のその言葉は決して僕らに向けたものではなく、彼女自身を納得させるための独り言だった。赤城さんが動く度に眼鏡を反射している光が往復する。

ものの二、三分で撮影は終了し、それから四人で坂を少し上に行ったところにあるハワイアンバーガーショップへと向かった。

「なんでも食べて」と言った赤城さんの言葉を鵜呑《うの》みにし、僕はチーズバーガー、ごっちはアボカドバーガー、コーラを二つ、そして二人で共有するフレンチフライとオニオンリングとチキンナゲットをひとつずつ注文した。

本当ならば今頃二つで合計二百円のハンバーガーを食べて満足していたのかと思うと、全部で二十五倍くらいの値段になったハンバーガーを大きな口で頬張るのはとても忍びなかった。しかし、僕らは結局それをやった。

＊

テスト期間中は憂鬱《ゆううつ》な気分と引き換えに昼前には学校が終わる。特に最終日においては中間だろうと期末だろうと否応《いやおう》なく気持ちは高ぶり、高校生活も残り一年と少しになったこの二年生の学年末テスト最終日も例外ではなかった。

とはいえとりわけやることもなかった。東横線の大改札のデュポンの前でこれからの予定を熟考したが何も浮かばず、気晴らしに自販機で加糖の缶コーヒーを買って飲んだ。そんなことですら小さな盛り上がりを見せたのは、二人とも最近ようやく缶コーヒーを飲めるようになった、というだけのことでしかなかった。

三十分程かけてたどり着いた結論はやはり昼食のことで、それでもラケルでオムライスを食べるか一蘭でラーメンを食べるかビックカメラの横のマックで百円バーガーを二個食べるかしかない選択肢を堂々巡りしていた。僕らは優柔不断で、特にごっちは酷《ひど》かった。

「もう決まんないからさ。ゲームしよ」

口火を切ったものの僕はゲームそのものを思いついておらず、またしばらく考え込んでしまった。その僕の様子を見たごっちは、ほんの数分であっさりと簡易なゲームを作り出した。その創造力と決断力があるなら昼飯くらい容易に決められそうだが、彼にはそれができない。

「わかった。じゃああの左から三番目の改札を次に通る人が女だったらオムライス、男だったらラーメンってのはどう」

「ファレノプシスなゲームだねー。シンプルでいいかも。でも、マックは？」

彼は飲み干した缶コーヒーを自販機の横に捨てに行き、戻ってくる頃には僕の問いにも答えを出した。

「じゃあ性別不明の時はマック」

「つまりマックはなしってことな、おっけー」

「分かんないよ、そんなの」

しばらくすると横浜方面からきた電車は渋谷駅に到着し、破れたように人々が溢《あふ》れ出した。改札に向かって歩く人の群れは横に広がり、左から三番目の改札を通るのは誰かと僕らは目を凝らした。

「いいよ」

「あの男の人っぽいな」

左から三番目の改札の方へと歩いているのは五十歳くらいの太った男性で、改札から五メートルほど前からカバンをあさり、財布を取り出していた。

「歩くの速いね、あの人」

「なんか競馬見てる感じだ」

思った通り、その男性は左から三番目の自動改札に財布を押しあてる。

「ラーメンか」

僕がそれとなしに呟《つぶや》いた直後、改札の扉はなぜか開かず、男性はポッコリと出た腹をその扉に押しあてた。改札機は訴えるように音を鳴らし、男性は恥ずかしそうに乗り越し精算機の方に戻っていく。代わって改札を抜けたのは眼鏡をかけたスーツ姿の若い女性だった。

「まさかのオムライスだよ、りばちゃん」

僕らはなんだかやけに興奮して、しばらくそこではしゃいでいた。それから先ほどの男性は無事改札を抜け、がに股《また》で階段を下りて行った。

「面白いからもう一回やろ」

「えー、そしたら意味ないよ」

「やろうって。今度はこっちから駅に入って行く人でやろう。左から二番目ね」

「あのーすいません」

「女だったら？」

「オムライス、男だったらラーメン」

「判別不能の場合は？」

「マック」

「あ、あの、すいません」

「同じじゃつまんないよ。男の場合もオムライスね」

「それじゃ結局オムライスじゃんかよ」

「話の途中すいません」

少し前から聞こえていた「すいません」が僕らへ向けられたものだとは全く思わず、僕らは三回ほど無視してしまった。

「すいません」

ほどなく僕らはその声の方を向いた。そこには男性と女性が一人ずついて、その女性はつい先刻僕らを大いに盛り上げた眼鏡の女性だった。僕らは驚いたのと同時に少しだけ感動した。

「ちょっと聞きたいんだけど、二人はおいくつ？」

唐突な質問の意図が分からず僕らは目を合わせた。小さい声で「高校二年生です」と答えると女性はまるでパドックで出走前の馬を見る賭博師《とばく》のように大げさに僕らを熟視した。

「申し遅れました。私はこういう者です」

出された名刺には僕らでも聞いた事のある雑誌社の社名が刻まれていて、赤城と書かれた名前の上には編集部と書かれていた。それから彼女は、自分は女子中高生向けファッション雑誌の編集者だと名乗り、隣の大柄な男性はカメラマンの岡村さんだと紹介した。男性は紹介されると同時にマスクを取り、会釈した。

「それで来月号の特集用に、来年度で三年生になる有名高校の美男子を探してるんだけど、もしよければあなたたちにでてもらいたいの。君たちの高校の代表として」

僕らは今までも数回スカウトに近いことをされたことはあったが、ほとんどはカットモデルで、美容師の練習に付き合ったり、たまにヘアスタイルの雑誌に出るくらいだった。無料で髪を切ってもらえ、なおかつそれほど人目につかない。それにはメリットがあった。しかしこれとそれとは話が違う。いつもと同じように了承するわけにはいかなかった。

「いいですよ」

僕があれこれ断る言葉を選んでいる最中に彼はそう言った。しかし一応、自分は取るに足らない人間ですが、というニュアンスを保っていた。優柔不断の彼が過去にも意味不明な決断力を発揮する事はしばしばあった。こういった彼の決め手の基準は、やらないなんてない、なのだ。

僕ははっきりと難色を示し、「学校の女子に見られたらどうすんの」とか「いやいや俺らそんな顔じゃないって」とか、まぁ本当は彼のルックスは結構いい方なのだけれど、あれこれ理由を並べて断らせようとしたが、彼は「高校三年で今さらいじめられたりする訳もないだろうし、ばれてもちょっといじられるくらいだよ」と僕にもっともな言葉を返した。

「テスト今日で終わったんだしさ。なんか非日常的なことあったっていいでしょ。あと、あの人たちかなり焦ってるみたいだから、人助けも兼ねて」

「いや、でも普通に恥ずかしいだろ」

突如、ごっちは、僕の後ろに視線をずらした。

「あ、りぼちゃん、あれ」

振り向くと、学校の方面から例の能面顔の後輩が改札の方へと歩いてきた。そしてどこにも引っかかることなく、左から二番目の改札を通り抜ける。僕らの気分はまたしても沸き上がった。

「久しぶりに能面見た」

「昼はやっぱりオムライスだね」

「ありゃ、判別不能だって、マック」

「ほんとひどいね、でもそうかもしれない」

僕らはまた笑い合い、小さな奇跡が次々に起こる改札を見ながら騒いだ。

「マック、奢《おご》ってくれるならやります」

何のことか分からず啞然《あぜん》としていた赤城さんと岡村さんにごっちが話しかけた。彼の発言はあまりにも急で、僕は再び止めに入ることができなかった。赤城と名乗る女性はわざとらしく喜んで「もちろん。もっと高いハンバーガー食べさせてあげる」と応《こた》えた。

彼の天真爛漫《らんまん》な行動に、僕は渋々白旗を上げた。

同意した僕らはその場で雑誌と掲載コーナーについて詳細を説明され、それから二人に従って撮影場所まで歩いた。

「どこまで行くんですか」

彼女らは黙ったままだった。あまりにも無視され気まずくなり始めた僕は、違う話題をごっちに振ろうか考えていたが、遅れて彼女は言葉を返した。

「歩かせてごめんね、本当にありがとう」

斜め前に顔を向けたくらいの振り返りで赤城さんはこう言い、撮影場所はまだ全く決まっていないのだということを僕は察した。そのことは実際に彼女らが焦っていた事の裏付けでもある。

二人はきょろきょろと周囲を見回しつつ、撮影ができそうな場所を探し歩くが、人々がひしめきあう渋谷という街で撮影に適当な場所を見つけるのはやはり困難だった。

最終的に美竹公園での撮影になったのは偶然ではなく、どこかいい公園でもないかしら、と赤城さんが呟《つぶや》いたからだった。僕らはそこへ案内をした。

＊

タマネギの青く甘い辛みが口内に飛び散り、追って肉の鉄っぽい味が広がった。ただ大きいというよりも高さのあるハンバーガーを齧《かじ》りながら僕らは赤城さんのインタビューを受けた。とは言え、結局はプロフィールで、名前、生年月日、身長、血液型に家族構成や趣味などありきたりなことばかりを聞かれた。

特技の欄には困ったが、彼がギターと答えたので、僕は歌、と嘘を言った。ただ僕としてはもっと無難なものを答えておくべきだったと未《いま》だに悔恨の念を取り払う事ができない。

そのようなインタビューも撮影同様すぐに済んで全て終了したのだが、食べ慣れていない大きなハンバーガーに僕らはまだ手こずっていた。

「なんで僕らだったんですか」

「寝坊して適当に俺らに決めたんだって」

僕は謙虚そうに図々《ずうずう》しく、そして皮肉を含んでそう言った。そんな風に話す事ができたのは、僕らと赤城さんらがこの時には既に打ち解けていたからで、赤城さんは「意外に生意気なのね」と顎《あご》に白いマヨネーズをつけながらそれに応えた。指摘すると、やはり僕らをわざとらしく睨《にら》んで、近くの紙ナプキンで上品に口の周りを左右から拭《ふ》いた。

この赤城さんの特徴であるわざとらしい反応は、嫌みったらしさを取り除き、むしろ無邪気さを演出する。そしてそれとは反対に、十歳も離れていない僕らに対して子供扱いするような、赤城さんの大人っぽい話し振りは繊細な品性も醸し出し、その彼女の二つの相違に僕はとても好感を持っていた。

「本当はあなたたちじゃなかったのよ」

赤城さんは一度ウーロン茶を飲んで、また話を続けた。

「今朝ね、掲載する予定の学生からね、学校が芸能活動を許していなかったので掲載をとり止めて欲しいという連絡があったのよ」

「普通知ってるだろ、校則くらい」

「そう思うわよね、誰だって。でもそう言われたら仕方がないのよ。停学とかされても責任負えないからね。入稿の締切は昨日だったんだけれどなんとか引き延ばしてもらえるよう頼んで、とりあえずまだ掲載してない学校で、芸能活動を許していて会社から近い学校、っていう条件で調べたらあなたたちの学校があったのよ。それで渋谷に向かったの」

「それは慌てますね」

「それで私も岡村さんも東横線沿いだから改札の前で待ち合わせしてたの。岡村さんは先に着いていてて、私を待ってる間にあなたたちを見つけたらしいわ」

「君らは男に好かれる顔をしてるからな」

岡村さんはなぜか得意げだったが、僕らなんかを見つけたところでそれほど誇れるものではないだろうと、いささか申し訳なく思った。

「でも私もあなたたちを見てすぐそう思ったわよ。大丈夫だって」

そんなことを言われたのは素直に嬉《うれ》しかったけれど、でも僕らにはそれほど響いていなかった。バンドでもカットモデルでも、そのような社交辞令をたくさん経験してきた僕らにとって、だいたいは体裁のいい言葉でしかなかった。

赤城さんが脱いでいたトレンチコートを再び羽織ったことで時間が差し迫っていることを察し、僕は残っていたコーラをぐいっと飲んだけれどあまり減らなかった。

「ありがとうございました」

僕らは昼食のお礼を二人に言った。

赤城さんは「こちらこそ」と返した後に「何か忘れてる気がする」とあたりを見回し、そのうちに一回転した。

「あっ危ない、すっかり忘れてた。何かあった時の為に電話番号、教えて」

各々《おのおの》、赤城さんと携帯電話の番号を交換したあと、バイト代として三千円ずつもらった。僕らは再びお礼を言った。

「でも『やっぱり掲載止めて欲しい』って言うのだけは絶対やめてよね」

またわざとらしい冗談を言う赤城さんの横で、岡村さんは店が震えるようなくしゃみを続けて四回した。

「バタフライ効果が実証されたとしたら、南米の台風の原因は岡村さんのくしゃみで間違いないわね」

第七章　24歳　缶のコーンスープ

最後に来た日付を具体的には覚えていないが、僕は渋谷駅を久しぶりだとはっきり感じていた。

電車を降り、しばらく見ないうちにがらりと変わったホームの広告を瞥見《べっけん》しながら僕は改札の方へ歩いていった。不健全だとは思いつつ排気臭い空気を思い切り吸い込むと、この街は生きていると実感できる。しかし、その穏やかだった気分は一瞬で張り裂けた。

改札を抜けると、デュポンにごっちが立っていることに気がついた。ここで彼と会うのは六年ぶりくらいだ。

待ち合わせはもちろんしていない。偶然だった。

彼は少し濡《ぬ》れたように見える髪を右手でかき上げる途中で、目が合った僕は思わず視線を地面へと逸《そ》らした。俯《うつむ》きながら僕はそこへ歩いて行き、昔より少し離れた場所から、改めて彼を見た。

デュポンには彼の妖艶《ようえん》なヌード写真が等身大で貼られていた。

大改札を横切るように三本並んだ真ん中の四角柱、その改札側の面をデュポンと呼ぶようになったのは、高校一年生の頃だった。

互いに引っ越して以降、特別約束などをした訳でもなく僕らはいつもこの柱で待ち合わせをしていた。柱に貼られる広告は定期的に変わるのだが、その度に僕らはデザインやモデルや広告の中身などを話の種にしながら登校していた。

高校に進学して一年生も終わる一月、この柱に貼られていた広告はテレビ局の報道フロアを舞台にしたドラマの宣伝ポスターで、木曜十時のその放送を見た翌日金曜日の登校はもっぱらそれについてだった。中でも毎週必ずある主演俳優の喫煙シーンが僕らは好きで、その役者が使うライターに二人ともすっかり魅了されていた。

キャップを開く度に鳴る切れのいい金属音はどこかハンドベルを思わせ、ライターの側面にある円柱を擦《こす》るとそのシャープな見た目とは反対に、野性的な音を立てて着火する。

そのライターのブランドネームがデュポンだった。

それからいつしか僕らはこの柱をデュポンと呼ぶようになった。もちろん他の柱にもそのドラマの広告は貼られていたけれど、僕らはただ単純にこの柱をデュポンと呼びたかった。

そのデュポンに彼がいる。彼がヌードになったと話題になっている雑誌の広告が、今デュポンにまとわりついている。

「白木蓮吾、SEXを肌で語る」

その文字で白木蓮吾の局部は隠されていた。オールヌードの彼は少し顎《あご》をあげて虚《うつ》ろな黒目をこちらに向け、右目の目尻《めじり》にあるほくろがその色気に拍車をかけている。

これまで一貫して爽《さわ》やかなイメージを通してきた彼が、「脱ぐ」といえば誰もが注目するに違いない。大胆にイメージを変えることのリスクを彼は感じているのだろうが、やるかやらないか、の選択肢の選び方は未《いま》だに変わっていなかった。脱がないなんてないから。そう言って彼はためらいもなく、全裸になったに違いない。この雑誌の表紙を飾るというのはタレントのステータスのひとつだ。そこでの売り上げに結果を残せば、その功績は一般人にも広く伝わる。

体にできたあらゆる影は、筋肉と筋肉の間にあって、それらはベビーフェイスな彼の顔とはギャップがあった。もちろん彼の裸は見た事があったけれど、これほど美しくはなかった。

デュポンの前で立ちすくんでいると、一人の女性が僕の隣で携帯電話のカメラで彼のいる柱を撮った。カシャンという耳障りなノイズは僕の右耳を一度だけでなく、四度も刺激する。彼の顔、上半身、下半身、そして全身と部分ごとにわけて撮影した彼女は、そのあとも、デュポンの前で携帯電話をいじっていた。

僕はそこを去った。偏頭痛をこらえエスカレーターを下って右に行き、交差点を明治通りに沿って、渡る。ビックカメラの隣には、「本日発売！　話題沸騰白木蓮吾のヌード！」と手書きで書かれた紙がなびく二階建ての本屋があって、僕は店内に入り、それを手に取ることにした。インクと紙が臭いを放ちながら、ページはねっとりと開かれる。

巻頭グラビアは五ページに渡り、彼の写真は四枚あった。露出の多い写真のうちのひとつは外国の女性と下唇だけが触れている顔のアップで、首もとには青い血管がくっきりと這《は》っている。これらの表情を僕はおそらく見たことがない。

記事には彼の恋愛観についてが書かれていて、「どちらかといえば引っ張っていくタイプですね、告白も自分がしないと気が済まない方です。でも割と恋愛には冷めてますね。もしかしたら今まで本気で恋したことは一度もないのかもしれないです」というライターが都合よくまとめたであろう使い古された文章が目に飛び込んできた。

あいつがもしこれを読んだらどう思うのだろう。

僕は続きを読む気にはなれず、雑誌を閉じて元の場所に置いた。そして、隣の週刊誌に手を伸ばす。

彼のヌード雑誌とゴシップ週刊誌を並べて配置していることには店側の悪意を感じるが、その二つの雑誌の相互作用によって売り上げを伸ばすことが狙いなのだろう。実際僕が立ち読みしている横から両雑誌を引き抜いた人間が数人いたから、店側の作戦は成功しているのかもしれない。

今週のワイドショーの話題はもっぱらこの週刊誌のスクープだった。白木蓮吾、香凜との熱愛発覚。これまで浮いた話のない彼のスクープは、少なからず好感度を落としてしまうはずだった。しかし、最後にはそれほど影響がなかったのは偏《ひとえ》に、相手女性の効果でしかない。

高校生でのデビュー曲はドラマの主題歌として三十六万枚の衝撃的ヒット。レコード大賞三年連続受賞。抜群の歌唱力。全曲本人が作詞作曲。これらの才能だけで彼女が世に知れ渡った訳ではない。彼女の容姿もまた才能のひとつだった。あどけなさの残る顔とは反対に彼女のグラマーな体つきは上手《うま》く色気を表現するのに成功し、また彼女のファッションスタイルは斬新ではあるが奇抜ではない、まさに流行になりうるファッションだった。それらは常にワイドショーの格好の的だった。彼女が日本に与えた影響は顕著で、若い女性だけでなく、中年層や男性までも彼女を支持していた。白木蓮吾と同じように。彼女の人気は今でも衰えることはない。日本一の歌姫の一人である事は間違いないのだ。

週刊誌を開くと、モノクロのページに載っている粒子の粗い彼らの写真は、いかにも車中から望遠で撮影されたという感じで、キャップを目深に被《かぶ》りマスクをした白木蓮吾と、顔の半分ほどを隠すサングラスにショートの髪を後ろで束ねている香凜が二人でマンションに入って行く様子が写されていた。記事によればそこは白木蓮吾の自宅だそうだが、僕はその家を知らない。

サングラスに黒いショートジャケット。細身のパンツと白いヒール。その横にいる黒いキャップとマスクに黒い革のブルゾン。細身のパンツと黒いエンジニアブーツ。

誌面に写っているのは本当に彼なのだろうか。情報を過多に得たのが原因なのか、偏頭痛はより一層酷《ひど》くなった。

＊

大学生活が迫り、どの学部に進学するべきかを急いで決める必要があった秋頃も僕らはまだあのティーン誌に出ていた。四月に雑誌が発売された直後、赤城さんから時間があれば次号も手伝ってくれないかと頼まれたのがきっかけだった。

「もちろん日当は支払うわ。鈴木くんにも聞いてみて」

四月に発売された雑誌に僕らはちゃんと載っていた。しかしそれは公園で撮影したかどうかも分からない親指よりも小さい写真で、他校の生徒よりも随分ぞんざいな扱いだった。ごっちは「きっと締切ギリギリだったんだよ」と言っていたが、僕の特技はしっかりと記載されていて、なんだかやきもきした。

彼がやるなら僕もやりますよ、と僕が返事したのはそのことへの反発からかもしれない。

ごっちは迷うことなくすぐに快諾した。バンドも自然消滅して多少日々を不毛に感じていた時期だったというのもあるだろう。なおかつバイトをしていない僕らにとって、それは貴重な収入源でもあった。

初めは月に一度の撮影だったが数ヶ月後にはカラーページに載ることもあり、月に三、四日撮影に参加した。主な役割は、雑誌の専属モデルが考えるデートファッションの恋人役だったり、モデルが思う男子の好きな仕草を再現したりだった。もちろん恥ずかしかったが、経験とともに次第に手際よくできるようになっていった。それは慣れるというよりは脳のある箇所が麻痺《まひ》している感覚に近かった。

僕らの掲載率が短期間でぐんと伸びたのは赤城さんが僕らを実際に気に入ってくれたこと、その陰には岡村さんもいたこと、そして何より素人の僕らが相当に安かったことが要因だろう。そうでなければ納得できないほど僕らは頻繁に呼ばれるようになっていて、土日はほとんど撮影で埋まっていた。

あの日も土曜日で、滅多に来ることのない代官山《だいかんやま》に僕らはいた。この年の秋は例年よりも寒く、特にこの日は冷たい風が叩《たた》くように抜けていたのを覚えている。

撮影現場は駒沢《こまざわ》通りに面したカフェで、ニューヨークをイメージさせるざっくりと並べたテーブル席と白を基調とした内装は撮影にぴったりだったが、実際撮影で使ったのは四つほどあった屋外の席だった。それは店側から店内の通常営業という条件があったからで、カメラマンは室内の客を写さないようにアングルを探っていた。

今回はシチュエーションで選ぶガールズファッション、みたいなコンセプトの撮影で、僕は用意されていた着慣れない洋服に身を包み、モデルの女性の隣でホットティーを飲むふりをしながら、気取ってポーズを決めていた。ここで撮影していたのは僕とモデルだけで、次の現場で撮影するごっちはロケバスで待機していた。

意地悪い風でモデルの髪が何度も暴れ、その度にスタッフを呼んではメイクを直したので、終了時間は予定よりも大幅に遅れた。そのことに僕は業を煮やしていたのだけれど、結果的に僕らはそのモデルに感謝することになった。

撮影が終了し、通り沿いに止まっていたバスに乗ろうと冷たくなった椅子から立ち上がると、数人の女性が僕の前を横切った。直後、彼女達はカメラや照明や大人数のスタッフが派手に集まる僕らの一隊に気が付き、誰の撮影だか判別しようとモデルと僕の顔をじっくり見つめた。一度目が合ってしまい気まずくなった僕は、バスへと急ぐ。

「りばちゃん？」

声をかけたのはおそらくその女性たちの一人で、僕は首だけを動かして彼女の方を控えめに見た。慣れない服の襟に、首が擦れる。

「りばちゃんでしょ？　ちょっと、久しぶりじゃーん」

僕はめまぐるしく脳を駆け巡らせたけれど、彼女に関して全く思い当たる節がなかった。しかし彼女は愉悦の表情を惜し気もなく露《あらわ》にしていて、僕は戸惑った。

「え、もしかして、忘れたの？」

僕は少しも思い出せず、彼女の身体を上から下まで凝視した。しかし、やはり分からない。

「サリー？」

ロケバスのドアを開いて降りてきていたごっちは、明確ではないのか若干弱々しくそう呼んだ。おかげで僕も分かった。

「えっ石川？」

「もっとはやく気付きなさいよ」

八年ぶりに会った石川紗理《さり》はあの頃とは全く様変わりしていた。全てが後ろで縛られた黒く長い髪。丁寧に整えられた眉《まゆ》とまつげ。細い身体、細い首。大きい輪のイヤリング。少し焼けた肌。

小学四年生までの石川はもっと男っぽく、無骨な印象だった。

ただ切れ長で端整な目鼻だち、平らな胸はあの時の彼女と似ていなくもなかった。

とにかく、今の石川は女性的だった。

ごっちは唖然《あぜん》としていて、僕はとりあえず状況を飲み込むための時間を作るために「こんなとこでなにしてんの」という実にとりとめのない質問をした。

「高校の友達と歩いてたのよ」

「そうなんだ」

僕は結局無意味な時間を作った。

「なに、あんたたちモデルなの？」

時間がかかりそうな質問に僕らはたじろいでしまい、今度説明する、と僕は言った。時間が遅れているせいで、長々と立ち話をする余裕はなかった。石川もそれは同じだった。とりあえず僕らは連絡先を交換して、近々会おうと約束し、どちらからともなく「じゃあまた」と言って別れた。

「まさか再会するとはな」

「うん」

ごっちは静かだったけれどそれは冷静なのではなく、ふいに殴られたかのように気が散漫になっているようだった。

赤城さんは僕らをからかったけれど、二人とも上手く対応できず、彼女は「あーあ」と退屈なため息を漏らした。

石川紗理は同じマンションの住人の一人だった。女の子が一人いる四人組をスタンド・バイ・ミーと形容したというのは親たちの雑駁《ざっぱく》さでしかないけれど、さして気にも留めずやはり僕らも短絡的であったのは、おそらく僕が石川を異性として意識していなかったからだ。気の強い性格もあって四人の中で最も男性的であったし、キャッチボールも男友達と同じような速度で投げ合っていた。

この偶然の再会から、毎週のように僕らは石川と会うようになり、その度に僕らは昔のことを述懐した。

出会った時の木本の眼鏡が吹っ飛んだ話とか、マルコフのこととか、ごっちの絵がコンクールで佳作になった話とか、癇癪《かんしゃく》持ちの生徒が泣き出すと授業が早く終わるから最終的にその生徒を泣かす方法を皆で考えたこととか、理科に詳しかった担任が双子を産んだのには何か科学的な匂いがするとか、たくさんの話をした。

それから僕らが今同じ学校に通っていること、ひょんなことから雑誌で毎月モデルまがいのバイトをしていること、石川は中学をアメリカで過ごし今は祐天寺《ゆうてんじ》の公立高校に通っていて美大の油絵専攻を目指しているということ。そして転校の理由は母の再婚だったということも石川は話してくれて、僕らはそのことをこの時になって初めめて知った。

そんな風にしばしば三人で遊ぶようになったのは、石川の気宇のおかげかもしれない。彼女はいつも笑っていて、いつも楽しそうに話した。彼女が笑えば僕らも笑う、という構図は小学生のころと何ら変わりなかった。僕はずっとこうしていたいと、何度も思った。ただ、ごっちが僕とは違う意識を脳に積もらせていたのにはさすがに驚いた。

＊

「りばちゃんあれ覚えてる？」

「なに」

ごっちは一メートルほどの植え込みに上って大木の幹にもたれかかり、僕はスプリング式遊具の蟹《かに》に跨《また》がっていて、ふらふらと彼を見上げながら蟹を左右に揺らしていた。

陽の傾きも早くなり始めた初冬の美竹公園はさすがに寒い。僕らは石川との待ち合わせ場所に美竹公園を指定したことを後悔し始めていたけれど、それでも彼女を待っしかなかった。

毎年十一月末の金曜日、僕らの学校では点火祭が行われる。大学キャンパス側にクリスマスツリーが設置され、イルミネーションが鮮やかに灯《とも》るクリスマスツリーの下で、聖歌隊やハンドベルやブラスバンドらと共に参加者はクリスマス・キャロルを歌い、参加者全員のローソクに火を灯す。この行事は学校の冬の風物詩で、それは決して悪いものではなかった。

しかし石川がこれを見たがったのは僕としては意外で、彼女にもクリスマスではしゃぐような女性らしい部分がちゃんとあるのだと安心した。この日、その点火祭に案内するため僕らは美竹公園で待ち合わせていた。

約束の時間は午後五時だったけれど、僕らは暇を持て余して三十分ほど前にはもうここにいた。まだ陽は赤みを帯びたオレンジで、木漏れた光はごっちに降り注いでいた。

「水槽で飼ってた白いメダカ」

小学四年の時、ごっちは夏休み明けの三ヶ月間だけ飼育委員をしていた。クラスで飼っていたのは八匹の真っ白なメダカで、思えば担任の趣味だったのだろうが、水槽で泳ぐそれらの管理をごっちは任されていた。「このメダカたちは珍しい種類で繊細だから大切に扱ってね」と担任にしつこく言われていたごっちは、言われた通り熱心に飼育していた。

「覚えてるよ、アルビノ。真っ白なのに目だけ赤くて、ちょっと怖かったよな」

メダカが白いのはアルビノと呼ばれる突然変異で生まれた色素欠乏種だからで、それらの目は全て赤かった。

「あのメダカたち、ある日突然いなくなったでしょ」

「そうだっけ」

「そうだよ。死んだんじゃなくて、いなくなったの。一緒にりばちゃんと石川も捜してくれてた」

「で、どうしたの」

「担任にすごい怒られた」

「え、本当にいなかったんだっけ?」

「うん。でも原因がわかんないんだよ。昼休み見た時はいたのに、放課後にエサあげようとしたらいなかった。その間ずっと教室にいたから、誰かがいじった、ってことはないんだよ」

「そんなことあるんだな」

「そう。そういうことってあるんだ」

彼はダッフルコートのポケットに手を突っ込んだまま、陽が完全に落ちるのをしばらく待った。僕の座っている遊具はさらに冷たくなり、それは僕の体にも伝わってきた。

「そのあとサリーもいなくなった」

不思議と公園は無風になり、ごっちの小さい話し声もはっきりと聞き取れた。

「サリーと初めて会った時は覚えてないんだ。記憶がある頃からはもう一緒にいたから」

「そうなんだ」

彼らがあのマンションで生まれ育ったことは知っていた。ただ、僕が出会う以前の彼らの関係については、一度も聞いたことがなかった。

「ずっと一緒にいてさ。そこに木本とりばちゃんが来たんだ。僕らはずっと一緒だったし、サリーはそこにいるのが当たり前だと思ってた」

「うん」

「でも突然サリーは引っ越した」

「あの日は俺も覚えてるよ」

小学四年の最後の日、終業式の朝。前夜石川からアメリカへの転校のことを聞かされ、僕もごっちも戸惑いを隠せないままいつもより少し早い時間に登校すると、教室にはすでに多くの生徒がいて、みんなで石川のための寄せ書きを作っていた。覗《のぞ》くと色紙の真ん中には「4年2組　ずっとなかよし」と書かれていて、放射状に書かれたクラスメイトのメッセージはすでに密になっている。

ペンを渡された僕はなんて書こうかしばらく迷っていたけれど、ごっちはおもむろに青いペンを取って色紙に隙間を探し、

スタンド　バイバイ　ミー　　ごっち

とだけ書いた。他の生徒が書いた勢いのある前向きなメッセージよりも少ない文字数で書かれた彼の文字は細く、その無表情な筆跡は子供ながらに痛々しかった。僕はごっちに同情するしかなかった。

終業式を終え、生徒は石川の別れの挨拶《あいさつ》を聞くために再び教室に戻った。教壇に立つ石川はなぜか悠然としていて、「今までありがとうございました。転校しても皆さ

んのことは忘れません」と流暢《りゅうちょう》に言葉を放った。クラス全員で作った寄せ書きを担任が渡すと、石川はそれをじっと見つめ、瞬《まばた》きの代わりに小さく深呼吸をした。そして改めてありがとうと言った。

送別の挨拶を終えた頃、校門の外には既に石川の母親が車で迎えに来ていた。終業式後にそのままここを去ることにしたのは本人の希望だったらしい。昨晩といい、彼女はこの引っ越しの件に関して、全てを唐突に済ませた。彼女なりの配慮なのだろう。僕らは彼女のペースについていけるはずもなかった。

彼女を見送りにそこへ集まったのは、僕らクラスメイトや彼女の友人、先生たちだけでなく、マンションの住人もいくらかいて、花束を渡したりしていた。

それぞれが助手席に乗った石川と最後の別れの言葉を交わすなか、ごっちは黙っていて、彼の代わりに何かを言わなければとは思ったけれど、僕はまた言葉に迷っていた。

「またすぐ会おーねー」

数メートル離れた場所から発した石川の声は集まる人を押しのけ、僕らに届いた。

「でも俺らが先に石川見つけたら逃げるからなー」

思ったより大きい声が出たのは、ただの強がりだ。「まったくあんたはいつもそうなんだからー」と彼女は笑いながら僕の皮肉を跳ね返したが、見なれたその表情はいつもと違うように感じた。

車が動き出してからも彼女は窓から顔を出していて、見送る人々に手を振り返した。石川の声はどんどんと遠くなっていったが、「スタンドバイミー」と言った彼女の声はしっかりと聞き取ることができた。

横からはだらだら流れる涙と激しい泣き声が聞こえる。彼の涙が不足しないように、僕は自分の分も彼の涙に混ぜた。

「八年て、すぐ、に入るのかな」

彼の鼻は寒さで赤らんでいて、それを隠すように吐いた息が白く留《とど》まった。

「石川、変わってた？」

「サリーだった」

「嫌いじゃないかも、ってくらい？」

なぜか一瞬だけ、夏が終わる頃の土の香りが僕の鼻を通り過ぎた。

「いた」

約束よりも十五分ほど早くやってきた彼女は、僕らそれぞれに缶のコーンスープを買ってきてくれた。僕の左側のベンチに座った彼女は、中にあるコーンを浮き上がらせるべく、缶を何度も振った。その作業を忘れていた僕は密《ひそ》かに彼女に感謝し、缶を振った。

僕はあんな話をした後だからどこかきまりが悪くって、気を紛らわせようと、コーンスープを器用に飲みながら、乗っていたスプリング式遊具のバネを大きく数回しならせた。

「二人ともピアスは外しなさいよ、その方がいいんだから」

僕は百合《ゆり》の紋章の形、ごっちはスタッズ風のシルバーの四《し》角錐《かくすい》ピアスを高校一年生からいつもしていた。

「なんで」

遊具の上で揺れながら、僕はコーンスープを一口飲んで聞き返した。

「ピアスよりピアスホールの方が男はセクシーなのよ」

「アスホール？」

石川はむせ、僕は口に含んでいたコーンを数粒吹き出した。涙目になりながら僕らは「ふざけんなよー」とか「真顔で言うなって」などと口々に彼に向けて放った。けれどごっちだけはどうして責められているのか、そして二人がなぜ笑っているのか分からず、僕らがそれを説明することを拒むと、彼は「じゃあもういいよ」と拗《す》ねてしまった。仕方なく僕は、遠回りせずにはっきりとその言葉の意味を教えた。彼は寒さで赤らんでいた頬をさらに紅潮させ、その様子を見て僕と石川はまた笑った。最後、彼の今後のために「絶対外人に言うなよ」とだけ付け加えておいた。

おかげで僕のきまりの悪さはだいぶ落ち着き、反対に緩みすぎたのか、僕は先ほどごっちにされた質問を石川にした。

「石川さ、水槽で飼ってた白いメダカ、覚えてる？」

「覚えてるわよ、アルビノ。消えちゃったわよね」

「あいつら、どこいったんだろな」

「いなくなったんじゃないのよ」

「どういうこと？」

「消えたの。透明になったの」

彼女の口調はまるでこの世の全てを知っている占い師のようで、僕らの興味を惹《ひ》き付けた。

「アルビノがどうして色素を捨てて突然変異として生まれてきたか分かる？」

僕らは口を動かさず、首だけを横に振った。

「喋《しゃべ》って答えなさいよ。彼らは目に見える色は必要なかったの。いい？　私たちの目に見える色っていうのはね、反射した光の色なのよ」

「あたりまえだろ」

僕がそう言うと、彼女は僕を睨《にら》んで黙って話を聞きなさい、と言った。理不尽に思えたが僕は彼女に従った。

「ということはね、吸収されなかった色を私たちは見ているの。つまるところ、その物質が嫌って弾《はじ》かれた色が私たちの目に映っているのよ。この石の灰色も葉の緑も、私たちの肌の色も。ごっちの赤いほっぺたもね。自分自身が嫌った色にしか他人の目に映らないの」

まだ彼の頬は赤かった。

「クラスにいたあのアルビノのメダカはね、嫌いな色が映る自分の姿を見られたくなかったのよ。だから色素を捨てたの。でもね、私たちにメダカは見えていたでしょ。色素を捨てても透明にはならない。だから、メダカは全ての色を吸収することにしたの」

「それで透明になった」

「そういうこと。それに気付いたのは転校してからだったから、メダカたちには悪いことをしたわ。きっと水道管に流されちゃったはず」

僕は半分ほどしか理解できなかったけれど、そうならいい、とは思った。真剣にメダカを気遣う彼女は不思議で、ごっちはそんな石川を食い入るように見つめていた。

そして彼は植え込みから下り、手についた汚れをパンパンと両手で払った。

「それでサリーもいなくなったの？」

急に重たくなった声のトーンが、彼が茶化して言っているのではないということを僕らに教えた。ストレートな彼の言葉は気持ちの悪い沈黙を作り出し、石川は少し俯《うつむ》いた。そしてそれから顔を上げた。

「そうかもね。でも戻ってきたわ」

彼女の声には迷いがなくて、それは芯《しん》の強さを物語っていた。

「どうして」

「いや？」

石川は意地悪といたずらをちょっとずつ含んでごっちにそう言ったが、彼は黙ってしまった。風が落ち葉をさらい、こすれ合って鳴る音が寒さを際立たせ、まとまった葉は端に溜《た》まって落ち着いた。

「そんなわけないよ」

彼の両目はじっと石川を捉《とら》えていた。彼の言葉は優しく、そしていくらか男らしさもあった。

「そんなわけ、ない」

どれほどぎこちないテンポでも僕の入る余地はない。僕は聞いていないかのように、缶に残ったコーンの粒を必死に出すふりをした。

「私は私の色を受け入れるしかないのよ。そしてその色をしっかりと見せるの。これが私の色なのよって」

ごっちは石川に近づき、そして隣に座った。それは誰が見ても緊張感のある距離だった。

「素敵だね」

寒かったのと二人を直視できなかったのとで、仕方なく僕は首に巻いてあるマフラーに耳のあたりまで顔を埋《うず》めた。なるべく耳を塞《ふさ》ごうと奥まで顔を突っ込み、脈絡のないことを考えて聴力を低下させようとしたが、辺りは異様に静かだった。

「どう、私の色。わるくない？」

「もちろん、あのころと変わってないよ」

空はまだほんの少し明るかったけれどほとんど灰色で、その僅《わず》かな光は息も絶え絶えという風だった。僕はそっとマフラーから顔を上げ、中身のない缶を啜《すす》った。

その日僕は点火祭に行くのを諦《あきら》めた。だからその後の二人を知らない。ただ後日彼らに会ったときの様子から、二人にとって悪い日ではなかったということはすぐに分かった。二人のそういった関係はきっと生涯続くんだろうと、漠然と、そして当然そう思っていた。

しかし僕が今見ている週刊誌に写っているのは、石川紗理ではなく香凜だ。香凜とはもはや、嫌いじゃないから付き合っている、というのでもなく、自己保身でしかない。と、僕はそう思いたい。

とにかく、ごっちが黒いブーツを履いているのを見たのはこの時が初めてだった。続きを読もうとしたけれど無理だった。内容が退屈だったからじゃない。

くらくらする視界を取り戻すべく、僕は歩道と車道を仕切るガードレールに歩いていき、もたれた。どうやら僕の時間だけが止まっている。彼の二十歳までなら恋愛だけでなく、性体験まで僕は全て知っているはずだ。石川はこれを読んでどう思うのだろう。でも僕が彼女に対して憂心を抱いたところでどうにもならない。彼はこの先も、石川の好きだった色を取り戻すことはできなかった。

無理矢理に目眩《めまい》を振り切り腕時計を見ると、映画の時間は思ったより迫っていた。爛《ただ》れた気分を引きずりながら、僕は映画館へ向かった。

第八章　24歳　紅茶

先ほどの本屋からまだ真っ直ぐ明治通り沿いに歩くと、すぐ左に宮下《みやした》公園が現れる。

ここを通る度に、中学生の頃この公園でカツアゲにあったことを今でも思い出す。僕とごっちは非力で高校生の集団に二千円くらいの全財産をむしり取られた。そのせいで、未《いま》だにここだけは渋谷で唯一落ち着かない場所となっていた。ごっちもきっとそうだろう。

だからごっちとしても自分の映画がこの公園の向かい側で公開されているというのは、あまり気分がよくないはずだった。

ｃｏｃｏｔｉという宮下公園と美竹公園に挟まれたファッションビルがあり、アパレルはもちろんレストランやカフェ、そして八階には映画館がある。確か昔はピカソとかそんな名前だった。最近出来た印象だったけれど、僕らが美竹公園でたむろしていた頃にはもう既にあったから随分経っている。それでも清潔に維持された外観は目立つ存在だ。

僕は宮下公園の交差点を右に渡り、そして左に渡ってそのビルに着いた。

長いエスカレーターに何度も乗り、八階のチケットカウンターに向かう。

「『winner』、一枚」

僕が小声でチケットを頼んだのは、この映画を男一人で見に来たと周りの人間に思われるのを避けるためだった。観客の大半は女性か恋人たちで、男一人でこの映画を見に来ている客はほとんどいないと僕は予想していた。六本木ヒルズのシネコンに行かなかったのは、まだこちらの方が客は少ないと踏んだからだった。ただ映画館の席を指定する前に、僕の予想はすっかり裏切られる。

「席が多少混雑してまして、Lの15番か……」

相手の話の途中で後ろの方ならどこでもいいと僕は告げ、僕は一番後ろの席を確保した。トイレに行き、アイスティーを買ってシアター1と書かれたゲートをくぐり、そそくさと席に座る。

案の定、女性ばかりだ。平日の昼十三時半の回だというのに、どうしてこんなに人がいるのだろう。一体何をしている人たちなんだ。まぁ概《おおむ》ね大学生だとは思うが。

十分程待つと館内は暗くなり、映画の予告編が流れ出す。コーエン兄弟の映画はユダヤ人の話。面白そうだがついていけるだろうか。

そして本編。

一人の男が歌手として生きる成功と苦悩を描いた作品。

陳腐な台詞《せりふ》。時折混じる笑えないギャグ。わざとらしい手持ちカメラ。

バンド解散。

大胆なカットバック。

安っぽい恋愛シーン。

まとまりのないストーリー。

友情と純愛を描く脚本。

原作は小説？　うそだろ。

＊

会議室として設けられているスペースはただパーテーションで区切られているだけ

で、低いテーブルにお茶が四つ並んでいる。どれにも小さな埃《ほこり》が浮いているのだが、小出水《こいでみず》さんは気にせずそのうちのひとつに手を伸ばした。

「写真よりいいじゃない。思ってたより全然いいよ、赤城ちゃん。こっちとしてはぜひ事務所に来てもらいたいね」

高校を卒業したモデルは出さない、というのが赤城さんの雑誌のルールだった。もちろん躍起になって出続けたい、というほど僕らは情熱を注いでいたわけではないのだが、赤城さんは僕らに芸能プロダクションとの契約を勧めた。「あなたたちをこのままただの大学生にするのはもったいない、あたしが知り合いの芸能事務所、紹介するから」と赤城さんはいつも僕らを過大評価していた。初めは「別にいいですよ」と断っていたのだけれど、その強引さに負けて、今僕らはここにいる。そんな風に認めてもらえることは少なからず嬉《うれ》しかった。

「でしょー。いつだってあたしの目に狂いはないのよ」

「毎度毎度、強気すぎ。だからモテないんだって」

赤城さんは「もう」と隣に座っている小出水さんの肩を何度も叩《たた》いた。その動きはなぜか空を飛ぼうとするペンギンを思わせた。

この小出水さんと名乗る芸能プロダクションの社長と赤城さんがとても親しい関係

なのは、ここに契約するモデルが何人も赤城さんの雑誌に出ていることからもよく分かる。ただ、親しいから起用しているのか、起用しているから親しいのかは疑問だった。

「僕が君たちを有名にしてあげるから。僕にマネジメントさせてくれればデメリットはひとつもない。信用してくれ」

そんないかにも詐欺くさい言葉を素直に受け入れることができたのはどうも若さの仕業だったのだろう。友人同士二人でそういった事務所に入る事は珍しいのかもしれないけれど、どちらかだけ引き抜くということではなく、二人でという条件を出してきたのは意外にも向こうの方だった。

小出水さんのプロダクションは二十人前後のタレントを抱えているものの、そのほとんどは僕ら一般人には聞き覚えのない人たちで、かろうじて僕らが知っていたのは雑誌の専属モデルくらいだった。

でもそれはむしろ都合がよかった。小出水さんには悪いが、僕らは芸能人として有名になる気は毛頭なかったし、このようなことを長く続ける気もなかった。「特異な体験を送った大学生活だった」と二人で数年後に話せればそれでよかった。

「二人は一緒に住んでるんだっけ？」

大学一、二年は神奈川の、それも横浜からも遠く離れたキャンパスに通わなければならなかった。僕は今までと反対方面に行くだけだからさほど距離は変わらないけれど、ごっちは二時間以上の通学時間を毎日通うことになるわけで、そういった生徒のほとんどは大学の近くで一人暮らしを始める。その慣例に、ごっちもならうことにした。

ただそのほとんどの人たちと彼が違ったのは、一人暮らしではなかったことだ。彼は僕をルームメイトに誘った。もちろん断る理由もなかったし、それがとても楽しそうな響きに聞こえた僕は、あっさり承諾した。母親は基本的に僕を野放しにしていたから、その辺も問題なかった。

僕らは淵野辺《ふちのべ》の駅近くで物件を探し、三階の築三年の2LDKで、バストイレ別、インターフォン完備と冷蔵庫、洗濯機、電子レンジ付きで、九万四千円という部屋に決めることになった。こういったことが可能なのはただ淵野辺という立地のおかげでしかない。

三月上旬だったこの日にはすでに引っ越していて、足りない家具を集めていた時期だった。

「契約はとりあえず二年で。仕事内容は追って連絡するから。はい、これ僕の名刺」

出された名刺には、代表取締役社長と書かれている。それを確認してから小出水さんを見ると、心なしかだらしないひげも小粋に思えた。それから僕らはまた幾つか説明を受けたが、半分程度しか理解できなかった。とりあえず給料は歩合制という出来高報酬とだけ把握して、僕らは最後に契約書に署名をした。不用心ではあったが赤城さんもいたから特に不審に思うことはなかった。

「契約完了。二人とも頑張ってくれな」

主な僕らの仕事は、映画やテレビのエキストラだった。

＊

これから二年間通う淵野辺のキャンパスは渋谷の派手な人ごみとはうってかわり、田舎から上京してきた野暮ったい大学生ばかりで、華やかさは一気に失われた。ただそのおかげで勉強とバイトと時々の芸能活動に専念することができ、初めてづくしの体験に僕らは胸を躍らせた。

僕らの主な収入は、週二で始めたもつ鍋《なべ》屋のバイト代五万円弱と、事務所から振り込まれる毎月二万円程度の給料で、あとその他に各々《おのおの》の仕送りがいくらかあった。

それらで家賃や光熱費、食費などは半分ずつ支払い、ゴミ出しや掃除洗濯などの家事もそういった具合で割り当てることにした。決して余裕はないものの、僕らに不満はいっさいなかった。

そのような生活だから寝るときと授業中以外は、僕らはずっと一緒にいた。仕事のない日は朝八時にそれぞれ部屋から出てきて一緒に登校し、それぞれの授業を受け、一緒に昼ご飯を食堂で食べてまたそれぞれ授業を受けて。下校してからは、一緒にバイトへ行くか、一緒に家へ帰るかだけで、ご飯はバイトならまかない、帰宅するなら吉野家かラーメンかコンビニ飯。帰ってきて順番に風呂《ふろ》に入り、寝る前にはテレビを見るか家事をするか大学の課題をする。終わればただもう寝るだけだった。

時々石川がやってきて疲労困憊《こんぱい》の僕らに料理を振る舞うこともあった。石川は無事美大に合格したが、その大学は僕らのキャンパスから離れていたため足しげく訪ねてくるということはなかった。ただごっちはなんとか時間を作って、石川の方にも通っていたから二人はどうやら順調なようだった。

僕らは多忙ではあったけれど、すごく満足していた。

そして初めての前期定期試験を無難に終え、めまぐるしい大学生活から解放される八月、僕らにまた二時間ドラマのエキストラの仕事がきた。エキストラにも慣れてきた僕らは、一日で何人もの通りすがりや客を演じなければならないことも心得ていて、おかげでこのたった数ヶ月にもかかわらず、リバーシブルや脱いだだけで色味を変えられるような服が僕らのクローゼットを支配していた。しかしこの日はそういった服は必要なかった。今回は学園ドラマの撮影で、衣装の制服はスタッフが用意してくれることになっていたからだ。

撮影は全部で四日間で、初めの二日は煮えたぎる日差しの中、毎日ただ歩いてカメラの前を通り過ぎたり、主演若手俳優演じる生徒会長をじっと眺めたりしていただけだったのだが、三日目は少し違っていた。

僕らの役は——役と言ってもただそこにいるだけだが——校内の廊下でたむろし、話をしている生徒たちだった。知らないエキストラ二人と僕らの四人で廊下で話しているところを主役の男が走り去っていくので、通り過ぎたら振り返ってくれと助監督に指示されていた。そのようなエキストラの男子生徒や女子生徒の塊が廊下にいくつもあり、リハーサルでは僕ら全員がその指示に従って演技をした。

いつもならリハーサル直後にすぐ本番を撮影するのだが、なぜか僕らは五分程待たされた。主役の俳優と監督がどうやら相談しているようだ。

俳優と監督とカメラマンは僕らを歩いて通り過ぎ、先ほど俳優が走り出したスタート地点へと戻っていった。すれ違いざま「このシーンのすぐ後なんで、ただ走り抜けるよりは、やっぱり彼女を見かけたかどうか生徒のグループに聞いていく方がいいかなって思うんですけど」と言うのがちらりと聞こえた。監督は「そうか、じゃあ一度動きでやってみよう、ちょっとゆっくり動いてみて」と指示を出し、先ほどと同じ場所から彼が走りだした。

僕らには何の指示もないまま、またリハーサルが始まった。ひとつひとつのエキストラの塊に「飯島《いいじま》見なかったか」とその俳優が聞いていき、僕らの前の二グループは「知らない」とアドリブで答えた。

次に僕らの塊にきたその俳優は突然ごっちの肩を両手で摑《つか》み、振り向かせ、慌てた芝居で「飯島見なかったか」とごっちに聞いた。ごっちは「さっきあっちに走っていったよ」と答えると、主役は一瞬黙ってから「そうか、ありがとう」と言い返し、そこからまた走りだした。

「なるほど」と監督は僕らのすぐ横で思慮深く腕を組み、カメラマンと助監督と相談した。

「よしこれで行こう、ただカット割りを増やして、あの最後のエキストラのセリフんとこはヨリにするから」

監督がそう言ったのが聞こえたが、意味は分からなかった。助監督がそれを全スタッフに聞こえるように大きな声で「カット割り増やしまーす、最後のエキストラのセリフの部分にエキストラのヨリのカット入れまーす。まずその前の部分まで本番で行きまーす」と連呼した。

何もつかめないまま、撮影は進む。僕はごっちにどういうことなのか聞きたかったけれど、無論私語は厳禁だった。

「チェックOKでーす」

カメラマンはカメラをごっちの正面に移動させ、レンズは彼の方だけをじっと見据えた。

その日の撮影を終え、僕らは何事もなかったように帰った。ごっちに聞きたい事はたくさんあったけれど、タイミングを逃してしまい僕は聞けなかった。

翌日も朝からエキストラの撮影で、例のごとく通り過ぎたり、階段を下りたりして、昼休み、撮影では使わない教室で僕らはロケ弁を食べていた。

すると、少し小太りの男がごっちのもとにやってきた。

「君おもろいな」

弁当を置き、ごっちは立ち上がった。

「ありがとうございます」

その男からタバコくさい笑いが漏れる。

「ありがとう、か。昨日なんで君、『知らない』じゃなくてあんなアドリブしたん」

ごっちは急な質問にちょっと困った顔をした。

「咄嗟《とっさ》だったから、あまりちゃんと考えてなかったんです」

「考えてなかったら、あーゆう風にはならんやろ」

男は食い下がる。

ごっちは少し黙って、はっきりと彼に言葉を返した。

「主役の俳優さんがカメラのある方に走って行けばなんでもいいんだろうとは思いました。だから『あっちに行ったよ』とそっちに指差して言えば問題ないだろうって。もしダメだったら直せばいいだけかなって……他の人がやってないこと、したかったんです」

僕が小さく驚いていた横で、男は大きく驚いた。

「君すごいな。ほんまおもろいわ」

その男はしばらく感嘆して、それから舐《な》めるようにごっちの顔と体をじろじろと見た。

「偉そうなことを言ってすいません」

彼は丁寧に頭を下げて小太りの男を見送り、合わせて僕も小さく会釈をした。やらないなんてないから。いつだって彼はそうだ。

九月半ば、そのドラマの放送を僕らは二人で見た。

一時間ほど過ぎ、廊下のシーンが映る。

「きたきた」

「なんか照れるね」

「さっきあっちに走っていったよ」

ごっちのアップが映ったとき、僕は嬉《うれ》しかったんだ、本当に。彼の初めてのセリフは、台本にないアドリブで、それはとてもナチュラルだった。

「すごいな、ごっちがテレビに映ったよ」

「最初で最後だよ」

嬉しかった思いは絶対にある。なのに、あとから身体の奥の一ヶ所が潰《つぶ》されそうになった。

「でも、あんま面白くないな、このドラマ」

放送が終わると同時に僕はそう言って席を立った。

「疲れたから寝るわ、おやすみ」

「うん」

僕はテーブルに置いたままになっている彼のマグカップを手に取り、そして僕のマグカップを持ってシンクへ向かった。

「りぼちゃん、それシンクに置いといてくれればいいよ、あとでやるから」

「いや、俺やるわ」

彼のカップは空だったが僕はほとんど飲んでいなくて、半分以上残った紅茶をシンクへ流し、洗った。洗わずにはいられなかった。リビングからはまだテレビの音がしている。

二つのマグカップをタオルで拭《ふ》き、そして僕はいつもの棚にそれらを並べて戻した。

＊

「今度はエキストラじゃないぞ」

ごっちがテレビで初めてセリフを言った一週間後に僕らが事務所に呼び出されたのは、ごっちに連続ドラマの仕事が決まったという報告を受けるためだった。エキストラの撮影時に話しかけてきたあの小太りの男は鶴田《つるた》さんという番組プロデューサーだったらしく、彼はすっかりごっちのことを気に入って、この十月クールの連続ドラマで彼を起用することにしたそうだ。

「おめでとう」

僕はそう言ったが、彼は何も言わなかった。

そのドラマには小さな役で僕も出させてもらう事になっていたが、これはごっちのおまけでしかなかった。

ストーリーは、女子小学生がひょんなことから高校教師になって小学校に通いながらも高校教師として生徒の悩みを解決したり更生させたりするというもので、ごっちの役どころはその高校の生徒だった。僕も同級生だが、メインストーリーはごっちと絡んでいる。これが僕らの俳優としての正式なデビューになった。

それに当たり、小出水さんから芸名をつけろ、と僕らは命じられた。

今更だったけれど、今まで芸名について微塵《みじん》も考えたことがなかった。そもそもこれまで芸名を必要とする場面がなかった。

別に芸名をつけなくてもいいそうなのだけれど、のちのち面倒になる可能性もあるということだけは念を押された。

「君らが売れてからじゃ遅いんだぞ。病院で名前を呼ばれる度にきまずい思いをするのは嫌だろう。明日《あした》までに考えてこい。無理なら俺が勝手に決めるからな。いいな」

僕らが事務所入りしてから小出水さんはいつも偉そうだったけれど、それは彼なりに社長として威厳を保つためのパフォーマンスだったのだろう。

家に帰り、僕らは少し苦い紅茶を飲みながらリビングテーブルに座ってだらだらと芸名を考えた。

色々な候補が出たが、最終的にごっちが「白木蓮《はくもくれん》」を使いたがったのは、彼の好きだった映画のタイトルが「マグノリア」だったからだ。彼は花の学名が好きなのだ。その白木蓮に真吾の吾を足したのは、僕がこれからも「ごっち」と呼べるようにだと彼は言った。

「白木蓮吾かー。なんか、かっこいいな」

「ちょっと過剰かな」

「大丈夫だろ。そういうのって、みんな勝手に慣れていくもんだし」

だから僕も「河」の部分は残すことにした。ごっちがこれからも「りばちゃん」と呼べるようにするために。最終的に僕は「リバー・フェニックス」を我流に訳した「河不死鳥」と名の「大貴」を縮めて「河鳥大《かわとりだい》」という芸名にすることにした。彼に比べると地味な印象だが、これはこれで気に入った。

事務所にこのことを伝えた一週間後には、ドラマ台本の第一話が届き、キャストの欄にはきちんと「白木蓮吾」と「河鳥大」と印刷されていた。ただ「白木蓮吾」という名前は僕よりもずっと前に書かれている。

中身を読むと、ごっちのセリフは多くはないけれど、幾つかはあって、これからキーマンになる伏線が見受けられた。僕のセリフはもちろんない。

撮影の二週間前には、衣装合わせがあった。ドラマの撮影に入る前には必ず、役者が実際に衣装を着て演出家がチェックする衣装合わせというものがある。自前の衣装を持っていかずに済む事はとても楽な事ではあったが、半年かけて集めたエキストラ用の服を使わないと思うとそれもまたもったいなく思えた。

僕の衣装合わせはすぐに終わったがごっちのは思ったよりも時間がかかって、僕は先に出る訳にも行かずその様子を見守った。やっと全て終えたごっちに「白木くん、期待してるで」と鶴田さんは言った。

翌日には顔合わせと本読みというのがあり、そこではキャストとスタッフ全員が顔を合わせて台本を読む。大きな会議室に長いテーブルがコの字に並んでおり、そこには小さい頃からテレビで見ていた芸能人や大学で話題の女優までずらりと座っていた。そしてその中には白木蓮吾もいる。僕はそのテーブルではなく、「その他のクラスメイト」としてセリフのない生徒のために特別に設けられた一角に座っていた。

ひとりひとりが挨拶《あいさつ》をしていく。プロデューサーに始まり、演出家。そして小学二年生の主演女優。昨年、ドラマの子役として圧倒的な演技力とキュートさを見せつけ爆発的に有名になった子だ。

その子は挨拶で、役名と自分の名前である斉藤麻里《さいとうまり》を名乗り、

「このようなすばらしいきかいをいただけてほんとうにこうえいです」

と、たどたどしいながらもしっかりとした挨拶をした。それはとてもおかしくて、緊迫していた会場は少し賑《にぎ》やかになった。

それから五、六人の挨拶があり、ごっちが挨拶する番がやってくる。

「葉山《はやま》役の白木蓮吾です。ドラマ初出演なので緊張しますが、主演の斉藤麻里さんに迷惑をかけないよう頑張りたいと思います」

彼が挨拶を終えた時、プロデューサーの鶴田さんの笑い声だけが聞こえた。

一通りの挨拶が終わって、本読みが始まる。台本を見ながら順番にセリフを読んで

いく。主演の麻里ちゃんの声が可愛らしい。


「君、迷子？」

「まいごじゃないわよ」

「じゃあどうしてここにいるの？　お姉ちゃんでも迎えにきたの？」

「ちがうわよ。わたしはこのがっこうのせんせいなの。ばかにしないで」


白木蓮吾と麻里ちゃんのやりとり。

僕は遠くのごっちを眺めながら、初めて僕らが出会った時の会話のラリーを思い出した。

「わかったよ、せんせい」

小馬鹿にしたように、白木蓮吾が言う。

正直素晴らしい脚本だとは思っていなかったが、このシーンは優しくて、見ていて心地が良かった。

彼はリズム感があるのだ。テンポがいい。頭で分かっていてもこれをするのは難しい。これは彼の才能のひとつだった。

このドラマがクランクインしてからいくつかは同じシーンもあったけれど、出番の差からごっちだけが収録に行くというのも少なくなかった。そしてそれは次第に増えていく。

初回の放送時はあの時と同様、二人でドラマを見ていた。「麻里ちゃん可愛いなぁ」と僕が言う横で、彼は真面目にドラマを視聴していて、ごっちは自分の出演シーンの度に座りなおして前屈《まえかが》みになり、眉《まゆ》を寄せた。茶化したり、からかったり、そんなことはとてもできない雰囲気で、僕はなるべく彼を意識しないよう黙ってテレビを見た。

ドラマの初回放送は好評で視聴率もよく、放送後大学の友人数人からも「あのドラマ来週も見るから頑張って」とそれだけを言われた。

しかし僕は翌週の放送を見逃した。ごっちはドラマの撮影があり、僕は自らこの日はバイトを入れることにしたのだ。台本でストーリーは分かっているのに、一人で見る気にはならない。

翌週も同じ曜日にシフトを入れたのは同じ理由で、この後しばらくの回を僕は結局見なかった。次に見た放送は七話だった。

これを見る事にしたのはその放送日にごっちが休みだったからではない。僕らにとって特別な放送回だったからだ。

七話の台本をもらった夜、部屋のベッドでそれを読んでいるとその中には自分のセリフがあった。何度も確認したけれど、それは僕の役名だった。

小学生の高校教師が演劇発表会をやろうと生徒に提案する。僕演じる飯倉《いいくら》は席を立って言う。

飯倉「お遊戯会は小学校でやってこい」

そして飯倉はどよめくクラスを抜け、教室を出る。

ここまで読むと、ドアがノックされた。

「りばちゃん、台本読んだ？」

「今読んでる途中」

僕はセリフがあった戸惑いを隠して、そう言った。ドアを開けると、彼はなぜか笑顔だった。

「どこまで読んだ？」

「ちょうど俺が教室出るとこ」

「ほんとに？　いいタイミング。早くその続き、読んで」

彼が「早く」と焦らせるので、僕は彼に構わずベッドに座り、続きを読んだ。ごっちは背もたれを前にして僕の椅子に座り、落ち着きなく体を揺らした。

廊下に出て歩いていく飯倉。

それを追いかけてくる葉山。

葉山「ちょっと待てって」

飯倉の肩を摑《つか》む葉山。それを振り払い、凄《すご》む飯倉。

飯倉「なんなんだよ、追いかけてくんじゃねぇよ」

ひるまずにもう一度肩を摑む葉山。

葉山「今しかできない」

飯倉「何がだよ」

葉山「今しか作れない思い出なんだよ。これは。こういうことがあるから、いつか死ぬ時に、いい人生だった、楽しい高校時代でよかったって思えるんだよ」

飯倉「……」

葉山「お遊戯なんだから遊ぼうぜ」

間。

飯倉「やってられっかよ。演劇発表会なんて」

葉山「ほら教室戻ろう」

再び手を振り払う飯倉。彼の言葉を無視して再び歩き出す。

引き止め続ける葉山の声が廊下に響き渡る。

「面白くない？　二人だけの掛け合いシーン」

今までごっち演じる葉山と僕演じる飯倉は全く接点がなく、飯倉は後ろでただふてくされていただけだった。

「なんで、突然」

「ちょっとやってみる？」

「え？　ほんとに？」

ごっちは二人でセリフ合わせをしようと提案した。彼が台本を取りに部屋へ戻る間、僕は何度も自分のセリフを確認した。

「じゃあ『お遊戯会は小学校でやってこい』っていうセリフからね」

「いや、やりづらいって」

僕は人生最初のセリフにはっきりと動揺していて、どのようにセリフを言ったらいいのか分からなかった。本番でもないのに、僕は緊張していた。

「今できなきゃ本番できないって」

僕は恥ずかしくてなかなか出だしのセリフを言いだせなかった。やっと小声で「お遊戯会は小学校でやってこい」と言うと、ごっちは続けてセリフを言い、その一連を通す。

「やってられっかよ。演劇発表会なんて」

「ほら教室戻ろう」

……。

ト書きにない一瞬の沈黙。

それがパンッと弾《はじ》けた瞬間、僕らは腹を抱えて笑った。

「何これちょーハズイ」

「りばちゃん俺、収録で笑うの我慢できる気がしないよ」

再び笑うと僕は背中が痛くなって反った。それを見てまた、ごっちはゲラゲラと笑った。

三日後の撮影でも同じように僕らは照れくさかったが、NGを出す事はなかった。

この回の放送を見た時も同じく照れたけれど、僕は一人で見たから別段ためらう事はなかった。

＊

彼は今も僕の前の大きなスクリーンの中にいる。僕はそれを一人で見ている。

その事にももう慣れた。今の日本で白木蓮吾を避けながら生きるというのは困難だ。しかし僕は彼に対してどんどん無慈悲になっていく。彼が笑えば笑うほど、僕は無表情になる。

画面の中で笑う彼の表情は変わっていなかった。しかしそれは彼が変わっていないということなのではなく、彼があの頃の自分をすんなり演じられるようになったからなのだ。

とどのつまり彼は、そういうところにいる。

周りの客席からすすり泣く声が聞こえる。

そうなれない僕はやはり、感情の琴線がすっかり錆《さ》び付いているのだろうか。

彼の減量の効果は出ていた。芝居も素晴らしいとは言わないが、悪くなかった。というより、いつも通り。彼のリズム感は、編集で台無しになっている。演出も過剰だ。

エンディングのBGMは「その先へ」だった。

近頃やたらとテレビや街中から聞こえていたせいで、僕はそのころには少し歌えるようになっていた。名曲なのか、それとも駄作なのか、判断が鈍ってしまうほどに何《ど》処《こ》でもそれは流れていた。

館内が明るくなる。

耳障りな音は何だ。

数人の観客からは拍手が起き、それは次を誘発した。

アイスティーを求めてストローを吸うと、それはズルズルと底を鳴らし、既に役目を終えている。全てにうんざりし、拍手の終わりを待たずして僕は帽子を目深にかぶり直し、席を立った。

第九章

20歳
ビールとシャンパン

平均視聴率十七パーセント。ドラマは麻里ちゃんの圧倒的な魅力と一話完結の見やすいストーリーによってすぐに話題になった。それに付随して、白木蓮吾の知名度も瞬く間に世に広まった。常に世の中は新しい物事を渇望している。例えば、彼だとか。

彼の清潔感と脱力した雰囲気は確かに個性的なスタイルで、芸能関係者の多くから需要があった。ドラマ最終回以後、一月には映画の脇役のオファーが三本、四月クールのドラマも脇役ではあったけれど重要な役回りを任せられていた。若手で脇役といった場合、映画とドラマを同時期にいくつも掛け持ちするというのは当たり前のことらしく、それは主役クラスの人間よりも圧倒的に忙しかった。仕事に合間ができれば違う仕事がそこに詰め込まれ、入り時間や終わり時間も優遇される順位が下になるのは仕方がないようだった。今思えばこの辺りの白木蓮吾は人生で最も忙しい時期だっそういった時期でも彼は自分の手腕に溺《おぼ》れるようなことはしない。ひとつひとつしっかりと役を捉《とら》えようと、仕事が終わってからは漫画喫茶やファミレスに行き、集中して台本と役作りの着想を練る。彼の部屋は寝るためだけにあった。

帰ってこない日々も増えた。翌日の仕事が早朝の場合は事務所の用意したホテルに泊まっていたそうだ。ものごとの効率性を考えればその方がよかった。

僕は何も変わっていなかった。時々ドラマで小さな役を演じたり、エキストラに出戻ったり、何に使うんだか分からない教材ビデオみたいなのに出たりを繰り返していた。

余る時間は自主的に忙しい彼に代わって大学の勉強と家事とバイトに充てた。バイト先でごっちは事実上の解雇という形になっていた。

次第に僕は彼の朝に無関心になった。靴があればまだ寝ていて、なければいない。同じ家で暮らしていても顔を見ない日が半分くらいあった。その分、テレビで見る時間は増えた。

大学二年生になっても、同じような生活が続いた。しかし周囲の変化は顕著だった。四月クールのドラマもそれなりに話題になった効果で、流行に敏感な若い女性は概《おおむ》ね彼を認知していた。石川とも、二人が街中で会うというのは次第に厳しくなっていった。

ここが一般人と有名人の境目だった。その戸惑いは引き返す最後の機会だということを警告していたが、彼はそれを理解した上で、加速した。

大学の試験が終わって夏休みになったばかりの八月四日は彼の二十歳の誕生日で、当日僕とサリーはごっちには内緒で彼の誕生日会を計画した。その日も彼は朝から仕事だったが小出水さんから彼の予定終了時間を聞いていたので、それまで僕と石川は準備をしながら彼の帰りを待つことにした。昼過ぎに来た石川は一人ではドアも開けられないほどの数の荷物を抱えていた。僕はそれらを運ぶのを手伝いながら一体中身は何なのかと尋ねたのだけれど、「あとのお楽しみよ」と一蹴《いっしゅう》された。

部屋の飾りつけ等は美大生に託し、僕は買い出しなど肉体労働を主に受け持つ。ドン・キホーテで石川に頼まれたビールとシャンパンとそれっぽいおつまみのいくつか、それと風船とクラッカーを買い、予約していた今流行《はや》りのケーキを受け取る。ケーキの予約をしたのは石川だったが、今思えばそれは石川個人の目的だったように思う。

十八時前に再び戻ると部屋の印象はがらりと変化していて、まるでアバンギャルドな幼稚園のようだった。石川はエレクトリックな音楽をかけながら、HとかPとかB

とかに切り取られた色鮮やかな折り紙をバランスよく奥の壁に貼っていた。それらひとつひとつの形はいびつさを含みながらも違和感はなく、不規則に並んでいても様になっていて、つまり石川の色彩感覚と美的センスが実際に長《た》けているということを証明していた。

ダイニングテーブルにはカラフルなグラデーションで整えられた小さな色紙の造花が六つあって、ひとつを手に取るとエアコンの冷気でひんやりと冷たくなっていた。とたんに折り紙特有の懐かしい匂いが鼻をつく。四月生まれの女は――僕の経験上でしかないが――こういったことが本当に得意だ。

「ただいま」と言うまで石川は僕に気がつかず、声をかけると必要以上に驚いて声を出していた。

「そろそろ着替えたら」

デニム姿であぐらをかいている彼女に僕が尋ねると、部屋の時計を瞥見《べっけん》し、「驚かせて、焦らせて、もう一体なんなのよ、ばか」と軽く僕に悪態をついてごっちの部屋に入っていった。

その間に僕はキッチンへ行き、買ってきたばかりの飲料とケーキをすでにパンパンの冷蔵庫に入れた。振り返るとガスコンロには見たことのない鍋《なべ》が二つあって、辺りに充満しているスパイシーな香りの原因はこれだということが、中身を開けなくても分かった。石川の膨大な荷物のひとつはこれだった。

リビングに戻り、床に散らばった紙くずを集めていると石川は戻ってきた。その姿があまりにも突飛で僕はすっかり唖然《あぜん》とした。アジアの民族衣装であることは分かったが、どういう意図かは皆目見当がつかない。

「どうよ」

「いや、似合うけどさ」

「もしかしてこれがなんだかわかってない？」

どれだけ熟慮しても、それがなんだかは思いつかないだろう。

「ごめん」

石川ははっきりと僕に苛《いら》つき、せっかく準備したのに、と四回続けて大きな声で呟《つぶや》いた。

「サリーでしょ」

「知ってるけど」と言うと、彼女は分かりやすく眉《まゆ》を歪《ゆが》めた。

「いまさら自己紹介するわけないでしょ、ばか。サリーっていうのよこれ」

彼女の説明によるとそれはどうやらインドやその辺りの民族衣装らしい。僕はそういったことに本当に無知だ。ただ眉間《みけん》に赤いシールを貼っていたから、石川が相当に手の込んだ事をしているのは伝わった。何より本当にサリーは似合っていて、綺麗《きれい》だった。

それから間もなく僕の電話が鳴り、たった今ごっちの仕事が終わったという連絡が入った。その時間は予定より一時間程早かった。あと四十分程度でここに到着するということで、僕らは慌てて片付けをし、電気を消して、クラッカーを握り、テーブルの下に隠れた。

暗がりの中で僕と石川は彼の帰りを待つ。

ほどなくして、ドアの方から音がした。

「ただいまー」

全ての電気を消していたにもかかわらず彼はそう言い、僕らは計画の失敗を懸念した。しかしそれから声を発する事もなく、彼はいつも通り靴を脱いでいるようだった。

足音が近づく。

まだ電気をつけない。しかし僕らからは彼の足もとだけが見える。

カチッと電気をつける音。ぱっと明るくなった部屋。

ここがクラッカーの適切なタイミング。

二つの破裂音に大きく驚いたごっちは、目だけを動かし僕と石川を交互に見た。それから空気の抜けていく風船のように体中の力を一気に緩め、そして空気の抜けていく風船のような吐息を漏らして、彼は笑った。

僕らは口々に彼に祝言を述べたけれど、彼は返す言葉がないようで、それに対する感謝を表情だけで表していた。

「ありがとう」

「ごっち、座って」

「先、着替えてくるよ」

石川の誘導を断るのも無理はなかった。彼は仕事現場でもらったであろうたくさんのプレゼントを両手に抱えたままだった。

少し砕けた格好になって戻ってきた彼は派手にデコレーションされた部屋を見回し、もう一度ありがとうと言った。

僕とごっちはテーブルに座り、石川は食事の準備をした。ごっちはどうやってとか、いつからとか、そういった答え合わせを求めたけれど、僕らはそれを流しながら、ただこの会を満喫して普段の疲れを癒《いや》してほしいと何度も彼に言った。

カレーとサラダとポトフが三つずつ並んだ食卓を囲むと、こんなことは過去に一度もなかったはずなのになぜか日常的な晩ご飯のような雰囲気になってしまって、石川はメニューを間違えたかもしれないと落ち込んでしまった。ごっちはそれを懸命に否定し、サリーがサリーの衣装に合わせて食事をコーディネートしたんだって僕は分かっているよ、と告げると石川は女らしく喜んだ。それからもの言いたげに僕を睨《にら》んだ。石川は何かを閃《ひらめ》いたのか、突然洗面所から白いタオル二枚を持ってきて、僕とごっちの頭それぞれに巻いた。

「こうなればほら、小旅行」

互いのターバンは妙に様になっていたけれど、僕らの着ていた服とはあべこべで変だった。そもそも僕らはインドに縁もゆかりもないわけで、結局は石川がサリーを着たかっただけに思えたが、ごっちは嬉《うれ》しそうだったので僕は何も言わないよう心がけていた。

仕方なく頭にタオルを巻いたその格好のまま僕らは石川が準備してきたカレーやその他を食べた。香辛料の香りが食欲をかき立て、チキンカレーの旨味《うまみ》は次の一口を約束した。ものの十分程度で僕らは全てを食べ終えてしまい、満腹になった。僕らの汚れたお皿を石川が下げてくれて、そしてビールを持って戻ってきた。

「男は黙ってビール」

僕は小さい頃、自分の麦茶と父のビールを間違って飲んで吐いて以来、ビールを飲んだ事はない。おそらく、ごっちもその程度で、実質この日がビールデビューになった。

ふたを開けると爽《さわ》やかな音がして、僕ら三人はごっちの成人に祝杯をあげた。

直後、口内に広がった苦みに、僕とごっちは大胆なうめき声をあげる。

「最初はみんなそんなもんだから、我慢して飲め」

なぜか飲みなれている石川が僕らを叱咤《しった》したので、従順に僕らはそうしたがなかなか飲みきる事ができなかった。

「俺りばちゃんの誕生日祝えなかったのに。ごめんね」

突然ごっちは僕にそう言った。

僕の二十歳の誕生日から一ヶ月ほど経った七月の半ば、朝起きると、リビングのテーブルにラッピングされた荷物と手紙が置かれていた。手紙の内容は二十歳を迎えた事のお祝いと、今日を共にできなかった謝罪と、プレゼントの中身に関して、だった。

仕事でロンドンに行った際に買ったものだそうで——彼がロンドンに行っていたことを僕はこの時に知った——ちょうど僕が気に入りそうなものを見つけたからプレゼントとして購入したということだった。

英字新聞のデザインの包装紙をほどき、僕はそれを取り出した。長さ二十センチ、厚さ四センチほどの赤い陶器の直方体、その先端には円柱のガラスケースが取り付けられていて、上から見るとT字形をしている。ガラスの中にはビーズやボタンなどのカラフルで小さなガラクタがゲル状の液体とともにひしめき合っていた。重たく赤いこの物体が、なんなのかさっぱり分からず僕はあれこれと考えた。ガラス部分はくるくると回せるような仕組みになっている。赤い陶器の、ガラスケースとは反対の側面には覗《のぞ》けそうな丸い切れ込みがあった。覗きながらガラスケースを回すと、規則的に並んだ幾何学模様の中でガラクタの色だけが不規則に変化していく。カレイドスコープということに気がついたのはそのあたりだった。

僕は光のある方に円柱部分を向けて、改めて覗くと先ほどより光量が増えたおかげで画面は一層きらきらと輝いた。僕は何時間もその万華鏡の中で流れる光の交錯を見続けていた。

十分な贈り物だった。謝りたくなる程にそれは美しかった。

感謝の言葉を紙に書いて何時《いつ》帰ってくるのか分からない彼の部屋のドアの前に置いた。翌朝にはもうそれはなくなっていて、そして彼の靴もなかった。以来、直接礼を言う機会がなかった。

なかなか減らないビールを飲みながら、僕は改めて感謝を言葉にした。

「あんなの初めて見た、ありがとう」

「とんでもないよ、こちらこそありがとう」

まだ終わってないと僕は言って、ソファーの後ろに隠しておいたプレゼントを彼に渡した。マグノリアの香りのキャンドルとお香にしたのは、この二十歳の誕生日が白木蓮吾の最初の誕生日だからで、僕はどうしても名前に関するものにしたかったからだ。あまり気のきいたものじゃないのは分かっているが、正直これしか思い浮かばなかった。

それでも彼は喜んだ風を装ってくれた。

「じゃあ、私のも、はい」

石川が続けて渡したのは油絵で描いた彼の似顔絵だった。きちんと額装されたそれは、写実的というよりはごっちの特徴を誇張《デフォルメ》して描いたような愛らしく柔らかいタッチの絵で、背景には木蓮《もくれん》の花と数匹の蛙がちりばめられていた。色使いは大胆だが、しっかりまとまっている。とにかく上手だ。これは本当に嬉しそうだった。

「あとこっちは、りばちゃんに」

彼女は僕にも似顔絵をくれた。誕生日プレゼントを渡していなかったからと、わざわざ僕の分も描いてくれたのだ。

僕の方も同じタッチだったけれど、そこにいる僕はやたらと口が大きかった。僕の背景にはカワセミがいて、おそらく僕の芸名の河鳥からきているのだろうと察した。

「ありがとう。でも、俺の方ちょっと雑じゃない？」

実際はそんなことないのだけれど、僕はそういうことを言いたがる性格だ。

「うん、時間がなかったからね」

彼女はオーバーな表情で嫌みっぽくそう言い、笑った。やっぱり僕も笑って、ごっちも笑った。そして僕はありがとうと心から言った。

すぐに僕らはその二つの似顔絵を壁にかけた。飾るに適したスペースには石川が飾り付けた様々なものがあったのだけれど、一言彼女に断ってからそれらを外して飾った。二つ並んだ僕らの似顔絵はどちらもこっちを向いて微笑んでいて、それを見ている僕らも微笑んでいた。

酔いが回り始めてもなお減らないビールを飲みながら僕らはだらだらと話をしていたが、飲みなれないお酒のせいで数時間後にはタオルを巻いたまま寝ていた。僕もごっちもビール一本を少し余らして、石川は三本目を余らせた。

ケーキのこともシャンパンのことも忘れてしまっていて、ケーキは翌朝食べたけれど、そのシャンパンを飲むことはなかった。

振り返っても、とにかく幸せな一日だった。しかしこのような日は二度と来なかった。

彼は多忙を極め、十月クールのドラマで初主演が決まり、映画も主演級の依頼が続々と来ていたようだったが、僕がそのことを知るのは彼からでも事務所からでもなく、ワイドショーの芸能コーナーからだった。

役者として確立してくると、彼のバーターとして僕にもオファーが何度も来た。しかし僕がそれらを全て断ったのは、彼の力を借りて仕事をするということにどこか違和感があったからだ。

この頃には僕も既にごっちとは違う形で芸能の世界に依存していた。誰の助力も求めず自分の実力で転機を迎えたかった。そうしなければ、ごっちとは対等じゃないと思っていた。いつかの共演を夢見て僕は自分でのし上がろうと決意を固めていたんだ。こんなに青臭く熱くなっていたのは、脳の大部分が完全に麻痺《まひ》していたからに違いないが、この時は本当にそう思っていた。

とは言えいくら頑張っても僕にやってくる仕事は相変わらず変化なく、日々をバイトと家事と勉強に追われて過ごしていた。大学の授業も楽ではなかったが、なんとか彼の分まで精をだし、テストの役に立つようここ一年間かき込んだノートをコピーしては彼の机に置くというのを繰り返していた。しかし実際に彼がそれを読んでいたかは疑問だった。

現に僕の成績にはまだ余裕があったけれど、彼は瀬戸際をずっと歩いていた。いくら出席の必要のない授業ばかりを選択していたとは言え、そろそろ限界だった。それでも一月の後期テストを終えると、僕らは三年生になる準備をすることになった。つまり、キャンパスは渋谷に戻る。そうなれば必然的にこの家を出ることになり、僕らはこれからの計画を話し合わなければならなかった。僕としては実家に帰る気はなく、渋谷へのアクセスがいい場所でまた二人でルームシェアをしようと考えていた。彼が現状家に帰ってこれないのは仕事場へのアクセスも悪いからで、渋谷に近い場所に住めれば外泊の必要も減ると思った。諸々《もろもろ》を考慮して、新居は渋谷まで三駅の石川の自宅周辺に目星をつけていた。地価は今よりも格段に上がるため、もし同じ家賃で済ませるのなら古く狭い部屋にはなってしまうが、それでもごっちが理解してくれると思っていたのは、彼としても僕が必要だろうとすっかり思い上がっていたからだった。

春休み、都内の不動産屋を巡る間を僕が実家で過ごしたのは、その方が便利だったからだ。三日間程かけてゆっくりと新居の情報を収集し、ごっちと話し合うべく僕はあの家に戻った。

三月の上旬、七時過ぎに家に着くとただならぬ違和感が部屋中に満ちていた。玄関にあったはずのごっちの靴はほとんどなく、代わりに畳まれた段ボールが平積みになって置いてある。理解できず、僕は靴を脱いでおそるおそるリビングに入ると今度は開かれた段ボールがいくらかあって、既にガムテープで封がされているものもあった。側面には、「キッチン」とか「CD」とか「とりあえず」とか書かれていて、それらは乱雑に重なり、散らばっている。

混乱する頭を無理矢理稼働させ、僕はあらゆる情報を得るために目を凝らしたけれど、視界は霞《かす》み、まったく状況が摑《つか》めなかった。

しばらく立ちすくんだ後、ダイニングテーブルの上に置き手紙があることに気がつく。

キャンパスが変わるから、学校近くに新居を借りました。再来週の火曜日に業者が来るのでそれまでに大事なものだけ荷物をパッキングしてください。

ささっと書かれた味気ない字は、ドラマのスケジュール表の裏面に書かれていた。もう一度読み返してみようと思ったけれど、こみ上げるもののせいで途中で諦《あきら》めた。気を紛らわせようとソファーに座ってテレビをつけるが、そこから聞こえる笑い声も苛立《いらだ》ちを助長する。ザッピングすると彼の出演するジュースのCMが流れ、僕はテレビを消した。

着替えないまま、ずっとそこにいた。彼に電話をかけようとも考えたけれど、直接話さなければ納得できないと思った。

数時間くらい待っても彼はまだ帰ってこなくて、僕は小出水さんに電話をかけることにした。

「突然すいません、今日ってごっち何時に仕事終わりますか」

僕はどうやら相当に狼狽《ろうばい》していたようで話す声にもその成分が含まれていたらしかった。

「もうすぐ終わるはずだけど。どうした、なんかあったのか」

大雑把にこの事態を説明した。それほどの言葉数はいらずに話せる状況なのだけれど、僕はかなり動揺していて会話は随分と遠回りになってしまった。小出水さんもすぐには僕の言葉が理解できていないようだった。

何度か繰り返し説明すると、ようやく小出水さんも把握できたようで、これは意外だったが引っ越しの件については小出水さんも初めて知ったということだった。

「そうか」

「小出水さんはすっかり知っているものだと思ってました」

「最近そんなに会ってないのか」

「会っても話すのは挨拶《あいさつ》程度です。向こうも忙しそうなので」

「じゃあこれも多分知らないだろうな」

「なんですか」

「あいつは事務所を移籍する」

肺の奥の方で、空気の抜けたボールが鈍く跳ねた。

「なんでですか」

「それは詳しく言えない」

やきもきした気持ちをなんとか抑えつつ会話をする。

「事務所はどこですか」

「ケヴィンカンパニーって事務所だ。あいつが選んだ事だが、それでもあいつを責めてやるな」

ケヴィンカンパニーという事務所名は芸能界に詳しくない人間でも一度は聞いた事があるだろう。

僕は電話を切り、茫然《ぼうぜん》自失した。

確かに昔から彼が僕に相談したりすることは少なかった。そのことに干渉するつもりはない。各々《おのおの》自身が決めるべき事項は絶対にある。けれど、これは二人の問題だ。上手《うま》く感情の区分けができず、義憤なのか疎外感なのか喪失感なのか、それらがクリーム状に混ざってしまったような気分で、僕は立ち尽くしたまま動けなかった。ごっちがリビングに入ってきたとき、彼の顔が普段とあまりにも変わらず、僕はまた衝撃を受けた。

「荷造りやってる？」

一体僕はどんな顔をしている。僕も普段と変わらないから彼はこう言ったのか。

「さっき帰ってきた」

彼が信じたのは僕がまだ厚手のコートを羽織っていたからだ。

「そっか、大切なものと貴重品だけは自分で段ボールに詰めといてね。あとの共有物とかは業者がやってくれるみたいだから」

彼は全く変わらない音調で平然と僕に指図する。

「これ、どういうこと」

僕は手の汗で紙の縁が波状になったスケジュール表の裏を彼に見せた。

「なにが？」

「新居」

長い言葉が喋《しゃべ》れない。

「ごめん勝手に決めちゃった。いやだった？」

謝られるとバランスを崩しそうになる。

「いや、いいんだけどさ、ひとことくらい」

「話す時間がなくて。じゃあ今から話そうよ」

「だから話してるだろ今」

抑えているつもりなのに力んでしまう。

「分かった」

彼はダイニングテーブルの椅子に座り、そして隣の椅子に荷物を置いた。そこは僕のいるソファーから三メートルくらい離れていたからまだよかった。これ以上の近距離は話しづらい。ただ彼の方が目線が高いせいで、高圧的に感じられる。

「勝手に決めた事は謝るよ。話そうと思っていたけど、ここ最近いなかったから」

「家を探してた」

彼は沈黙することで、僕の次の言葉を誘導した。

「祐天寺《ゆうてんじ》で家を探してたから」

「そうなんだ。あっ、もしかしてこれ？」

彼は僕がテーブルに置いておいた新居の資料らを手に取り、見た。

「ありがとう」

僕も沈黙で彼の言葉を誘導する。

「でももう決めちゃったんだよ、新しいところ」

そう言って彼は隣の椅子に置いたカバンからクリアファイルを取り出して一枚紙を抜き、手を伸ばして僕に渡した。

学校まで徒歩三分。六十七平米。新築マンション。トランクルーム付き。床暖房、ケーブルテレビ、ディスポーザー設備。四十三万円。

「うそだろ」

「すごいでしょ？　ホテルみたいなんだよ」

「払えないってこんな額、半分でも二十一万五千円」

「りばちゃんは払わなくていい」

彼の言葉が脳内をぐるりと巡るけれど、全く理解できない。

「どういうこと?」

「事務所が二十万出してくれて、残りは俺が出すから、りばちゃんはなんにも出さなくていいんだよ」

事務所。

「ケヴィンカンパニー」

「そう」

どうして僕がそれを知っているか、彼は尋ねようとしなかった。

また沈黙が続いたけれど僕も彼も今度は誘導されず、互いの様子を窺《うかが》った。でも最終的に口火を切ったのは僕からだった。

「なんで移籍することにしたの」

「引き抜かれたから」

「答えになってない」

「だってケヴィンカンパニーだよ。環境もいいし、仕事も増える」

「でも」

口が乾いて喉《のど》がつまる。

「でも小出水さんを裏切る事になるだろ」

「じゃあちゃんと言うけど、俺は小出水さんから事務所移籍の話を言われたんだよ。事務所同士で話し合ってそうした。どうするって聞かれたから、じゃあそうしますって言っただけだよ。もしかして聞いてない？　小出水さんの借金話。そうらしいよ。だからまとまったお金が欲しかったってのもあるんじゃない？　小出水さんはケヴィンカンパニーからかなりのお金を受け取ったんだよきっと。裏切られたのは僕の方だって言ってもちっともおかしくない」

　そういうことか。話せない理由は。

「じゃあ」

　今度はつまったのではなく、自ら止めた。

「なに」

　ごっちは僕を真っ直ぐ見て言った。

「俺は、って言いたいの」

　何も言えない。

「りばちゃん、何回も断ったでしょ仕事」

　僕はじっと彼を眺めた。

「せっかく俺がりばちゃんにも仕事回したのに、俺のバーターが嫌だって断ったでしょ」

「断った」

「断るんなら同じ事務所にいる必要ないよ」

彼は僕を見下している、そうはっきりと感じてしまう。

「違うって。俺は自分の力で」

「自分の力で今何してんの。家事と大学とバイトと時々教材ビデオ。俺みてらんないよ、りばちゃん」

流暢《りゅうちょう》に話す彼の目はあまりに凜《りん》としていて、僕の体は硬直した。

「同じ事務所にいると互いに意識する。特にりばちゃんは。僕らはもとの関係に戻るべきなんだ。だから親友としてルームシェアをしようと」

「でも俺が金を払わないと、ルームシェアにならないだろ、ここで一緒に住んだら俺はただのお手伝いさんでしかなくなる」

「そんな風に思わなきゃいいじゃない。ただうちに居候してるとかそんな風に思えば」

「どうしてここじゃなきゃならない」

「事務所や仕事場、学校に近い。あと、セキュリティがいい」

セキュリティ。そうだった。彼はもう完全に芸能人なのだ。でも。

「石川は知ってるのかよ、全部」

彼はすぐに答えた。

「知ってる」

俺だけが知らない。

「俺はそこには住まない」

彼はここでもなお表情を変えず、僕を見続けた。

「俺は今のごっちとは一緒に住めない」

彼は黙ったまま僕をじっと見た。そして「わかった」と言った。まるであらかじめ推定していた事態のひとつかのような物言いで。

僕は帰ってきてからそのままになっていた荷物を持ってその家を出た。

*

「あんた、また帰ってきたの」

僕はまだあそこに行く気にはなれなかった。あれから数日経っても彼から連絡はなく、僕からもしない。脳を流れる血を体感できるくらい、僕はあの日の事ばかりを考えていた。

しかしなにも状況は変わらない。僕から彼に連絡する事はきっともう二度とない。たった一夜の出来事でも、もうすでにその前から僕と彼とは重なっていなかった。まるで時が経つとともに反り合う文庫本の表紙と裏表紙のように。

とはいえ放置できなかったのは僕の荷物がまだあの家にあったからだ。僕はそれらを取りに行かなければならなかった。ただ彼とは会えない。

あれから二週間ほど経った平日の真昼、最善の策を未《いま》だに考えながら僕はいつも通りサングラスがトレードマークの司会者による長寿テレビ番組を見ていた。この日のゲストだった大御所の俳優は興味の湧かない田舎町の話を終えたあと、翌日のゲストを紹介した。

パソコンの画面には白木蓮吾が映り、俳優が電話をする。こないだはありがとうございました、と当たり障りのないようなことを言って司会者に代わり最後に「いいとも」と言った。

最善の策をやっと思いつく。

翌日、昨日テレビを見ていた同じ時間に僕は車であの家に向かった。確実に家にいないと分かっていたので僕には余裕があった。

鍵《かぎ》を開けてみると玄関の全ては既になくなっていて、リビングもまたほとんどがなかった。残っていたのは僕のものと共有していた家具たち、そして僕が彼にあげたお香の残り香だけだった。

リビングにある唯一残っていた僕のものは石川の描いた僕の絵だけだった。横にあったはずのごっちの絵はもうない。絵の中の僕は無理して笑っていて、悲哀すら漂っていた。

僕の部屋はもちろんそのままで、散らかった荷物を持参した段ボールに詰め、数回往復して車に運んだ。それほどの量はなかったけれど、ベッドと机は後日また業者に頼む事にし、カレイドスコープは机の上に置いたままにした。

共有物はどうするべきか迷った。

ここに残っているテレビやソファー、テーブル、そしてあの時買ったシャンパンはもう僕には必要ない。僕はもう実家に戻る事に決めていた。

テーブルに「僕の部屋に残っているものは明日《あした》業者に頼んで運んでもらいます　それ以外は全部いらないので新居に持って行ってください　いらないものは処分お願い

します」と簡単な書き置きをし、僕は少し思い直して自室に戻った。
カレイドスコープを取って、部屋を後にした。

第十章

25歳
チャイナブルー、バーボンソーダ、スノーボール、スコッチ

「鈴木ってこないの？」とか「終わったらくるように連絡してよ」とかの質問や懇願ばかりの会話にほとほとうんざりして、一番奥のテーブルの左端に逃げ、僕は一人でビールを飲んでいた。

それでもまだ遠くの席から「なんか映画の撮影やってんじゃなかったっけ？　朝のワイドショーで撮影メイキングやってたの私見たよー」とか聞こえる。そしてその話題で同窓会はまた盛り上がった。

どうして俺はこんなところに来てしまったのか。

こうなることは予想がついていた。どこに行っても大学名を聞くやいなや「白木蓮吾さんと一緒じゃないですか」とか「話した事ありますか」とか、そればかりを尋ねられ、この類《たぐ》いの質問には本当に飽きていた。だからその度に反発を露《あらわ》にして「知ら

ない」と冷たくあしらっていた。自分でもその醜態には気付いているのだけれど、どうしても「知ってる」とは言えなかった。彼を利用する形になる全てを僕は放棄したかった。しかしこの時、いつにもまして鬱陶《うっとう》しい質問ばかりだったのは高校の同窓生達は昔の僕らの関係を知っているからだった。

「河田は今何してんの」

気軽にこんな風に聞いてくるのも、同窓生ならではだった。僕は正面に座った彼の名前を思い出しながら便利な言葉を返す。

「フリーターだよ」

二十五になった今も僕は事務所には在籍している。スムーズに大学を卒業したはずなのにその学歴を全く活《い》かさず、未だにチラシのモデルや小さな舞台の客演、エキストラなどをしていた。これらの仕事だけで生活できるはずもなく、ほとんどの日はバイトで、それすらも長続きせずに転々としていた。つまり、フリーターなのだ。

どうしてこうしているのか分からない。ただどうにもならなかった。辞めることもできず、そんな僕を見て小出水さんは契約を続けてくれている。芸能界に突っ込んだ片足の指先が僕はなかなか抜けずにいた。その向こう側で僕の指をつまんでいるのはやはり白木蓮吾なのだろう。

会話もない退屈な同窓会ではただビールを飲むしかなく、気付けばビールジョッキ三杯を飲み干していた。そしてまた新しいジョッキを飲み始め、多少酔いが回ってきた頃、突如店の雰囲気ががらりと変わったのは、やはり彼が来たからだった。

全員が向けた視線の方向には、襟の高い黒いコートに黒ぶち眼鏡をかけた白木蓮吾がいて、ちょっと間があってから皆《みんな》がなぜか拍手をした。五年ぶりに生身の彼を見た。もてはやされる彼を見ながらラブホテルのライターでタバコに火をつけ、煙を吐き、ぐっとビールを押し込んだ。小さくげっぷをして、息を吸い、また吐いた。

「忙しいのにありがとうね」と幹事が白木蓮吾に声をかけ、それに続くように同窓生の皆も彼に声をかける。気を遣って、昔と同じように。

幹事が僕の隣に座るよう白木蓮吾を促してしまうのは、仕方がなかった。僕らのことを何も知らない彼らに罪はない。しかし僕らが互いにそれを拒んでいたことは分かってほしかった。結局彼が諦《あきら》めて僕の隣に座ったのは、もともと僕の隣にいた人間が彼のために席を空けたからだった。

幹事の女性が白木蓮吾にビールを持ってくると、なぜか彼は皆から乾杯の言葉を求められた。彼はそれを嫌がらず、そしてそつ無くこなした。皆が喜んだ。まるでその様子は新興宗教で、この人が誰なのか、僕はもはやほとんど分からなくなっていた。

僕が白木蓮吾とすぐに会話をしなくて済んだのは、僕の向かいにも彼の隣にも同窓生がいたおかげだった。彼の周囲の人間はもちろん白木蓮吾と話したがり、そんな人たちへの彼の対応は大人だった。何を聞かれても丁寧に返していた。

僕はそれらに混じらず、立ちのぼるタバコの煙をただひたすら眺めていた。

「久しぶり」

突然彼は僕に話しかけた。バクンという音が胃の下の辺りで鳴る。

「久しぶり」

酔いに頼って声を出す。

「ちょっとトイレ行ってくるわ」

灰皿にタバコを押し当て逃げるように僕は席を立った。実際に限界だったことは本当にタイミングのいい出来事だった。用を足しながら、どういう態度を取るべきか考える。しかし何の考えも浮かばない。

戻るとさっきまで僕がいたテーブルには同窓生が何人も集まっていて、彼と一緒に写真を撮っていた。テーブルにはこれから彼が撮られなければならないデジタルカメラが無数に置かれて、これら全部に付き合うのかと、僕は白木蓮吾を憐《あわ》れんだ。

皆が急に写真を撮りたがったのは店の貸し切りの時間が間もなく終わるからだった。

写真撮影中でも店員は終了時間が来た事を何度も叫び、幹事は二次会の案内を大きな声で伝えていた。

僕は二次会に行く気はなかった。ビールを一滴も残さず吸い取るように飲み干し、店を出た。

外に出ると一月らしい風が火照った体を冷やす。同窓生らの半分は通路でたむろしていて、遅れて店から出てきた幹事は「迷惑だからさっさと次に行くよ」と促したが、皆の足取りは重くそれぞれ留《とど》まって話をしていた。

早くここを去ろうと思っていたが、数人に話しかけられてしまい抜け出せず、僕もしばらくそこに溜《た》まる羽目になった。二次会に行かない理由を体調のせいにして言い訳していると、白木蓮吾がこちらに向かって歩いてきた。

僕は彼が視界に入っていないふりをして、頭痛の激しさや三十九度の発熱など、嘘に嘘を重ねていたのだが、彼はついに僕の横にやってきた。口を挟まれないよう、まくしたてるように僕は話していたのだけれど、彼は肩を叩《たた》いて強引に僕を振り向かせた。

「あのさ、番号って変わってる?」

シンプルな二択の質問で僕は少し安心した。

「変わってないよ」

僕が事実を告げると、彼は分かったと言って車道の方に歩いて行き、タクシーを拾った。皆がありがとうと彼に感謝の言葉を投げて手を振ると、彼も後部座席から僕らの方に手を振った。そして車は左の方へと流れて行く。

同窓生らの視線が彼を追っている隙に誰にも気付かれないよう細い路地に入り、そこを通り抜けて渋谷駅に向かった。寒さが僕の顔を掠《かす》めて流れていき、時折強く吹く風に足を止めながらもなんとか駅を求める。

手を突っ込んでいた左ポケットが不意に激しく震える。大して鳴らない電話の相手が誰だかは容易に想定できた。着信画面を見るとそれは知らない番号で、多少衝撃を受けるけれど、やはり彼なのだと確信した。酔いの全てが絞り出されるような感覚に取り乱しそうになるが、僕は電話に出た。

「もしもし」

「鈴木です」

鈴木という名前が耳慣れないせいで自分の予想が外れたと一瞬思った。

「体調大丈夫？」

「あー、あれは嘘だと思う」

今はぎこちない会話しか出来ない。

「あの——……このあとって時間ありますか」

彼の感じているばつの悪さは僕と一緒くらいだった。

「あります」と言ったあとに、後悔もする。

「じゃあ飲みませんか」

「あ、はい」

それから彼は場所を指定して電話を切った。彼が指定した場所は麻布十番《あざぶじゅうばん》で、僕は慣れない土地に戸惑いながらもそこに電車で向かった。

三十分程かかってようやく指示通りの古いビルにたどり着く。四階にエレベーターで上がるとそこは彼が僕に言ったバーの名前と一致していたが、ドアにかかった看板は「CLOSED」という面をこちらに向けている。どうすべきかためらうが、とりあえずノブに手をかけるとドアは開き、僕はおそるおそる店内に入った。

暗く細い廊下の先には彼らしいやや広い背中が見えた。歩く速度が急激に落ちる。ドアの閉まる音で彼は振り向いた。

暗い店内でも僕と彼はしっかりと目を合わせる事ができた。微笑む彼はすっかり大人で、僕は落ち込んだ。

彼の隣のカウンター席に座る。何を飲むかという問いがここでの彼の最初の言葉となり、バーボンソーダが僕の最初の言葉となった。やっぱり気まずくって、僕は彼に話しかけた。

「そのエビの卵みたいな色のは何？」

彼の飲んでいるものをこう尋ねると彼は笑って、チャイナブルーと言った。

「相変わらず面白いねりばちゃん」

久しぶりにそう呼ばれて、僕はタイムスリップでもした気分だった。しかしまだ緊張はしていて、僕は先刻までいた友人らと同様の取り留めもない質問しかまだできない。

「忙しいの？」

「どんなに忙しくても夜は来るし、ご飯も食べるし、寝ることだってできるよ」

「そうだな」

バーボンソーダが来て、僕らは乾杯をした。コーンの香りが弾《はじ》けて香る。お酒と同時に出てきたアーティチョークを一口食べると、その酸味は口の中でじゅわっと広がり、唾液《だえき》が溜まった。彼に断りを入れてその青い酒を一口もらう。

「味はおいしいんだな」

「エビの卵の酒なんてないよ」

静かに僕らは笑った。

「作れるとは思いますけどね」

バーテンダーはグラスを拭《ふ》きながら僕らの会話に混ざった。

「有機物ならどんなものでもリキュールは作れると思いますよ、味は保証しませんけれどね」

「例えば、一風変わったリキュールとかってあるんですか？」

盛り上がれそうな話題を求めて質問する。

「エビの卵はありませんが、鶏卵のリキュールはあります」

そう答えた彼は拭いていたワイングラスを置き、店の奥に行ってそれらしいものを取ってきた。

「ベン・フライド・エッグ。卵のリキュールです」

瓶の側面には目玉焼きのレリーフがなされていて、ふたは割れた卵の形をしていた。あまりにも可愛らしいデザインに僕らは興味を示した。

「りばちゃん、飲んでみれば」

彼がそう言うので飲んでみる事にした。バーテンダーがそのリキュールでカクテルを作っている間に僕はバーボンソーダを三口ほどで飲み干した。

「スノーボールです」

季節感のあるカクテルが差し出され、僕らは鶏とエビで乾杯をした。飲んでみるとそれはとても甘く柔らかかった。

「おいしいけど俺には甘過ぎるよ」

本当に甘過ぎたのだけれど、その甘さは僕の気分を少しだけ休ませた。

「りばちゃん、昔から甘いものあんま食べなかったもんね。俺の誕生日のケーキ、一口くらいしか食べなかったしね」

「起き抜けからあんなの食べらんないって。でも結局ほとんど石川が食べたんだよな」

失態直後に自責の念に駆られた。酒と彼の優しさについ甘えてしまい、うかつにも石川の名を出してしまった。

ごっちと決別してから数回だけ石川と会ったのは、軋轢《あつれき》が生じた僕らの関係を彼女が仲裁しようとしたからだったが、彼女の目論《もくろ》みは上手《うま》くいかなかった。

彼といる自分が酷《ひど》く見苦しい。彼に追い越されてしまったようで、僕はよからぬ思いに苛《さいな》まれてしまう。とにかく一人になりたい。僕はぶちまけるように石川にそう言うと、「わかったわ」とそれ以外何も言わなかった。

石川からすれば今までくっついていた二つの磁石が突然同極を向けて反発してしまった程度に思えたのだろう。反対向きに戻せば元通りになると。しかし実際は違う。僕らの磁石の間に強力で分厚い磁石が挟まったのだ。僕らはそれに引きつけられているが、阻まれてもいる。離れることも向きを変えることもできず、僕らはそこにいるしかないのだ。一枚向こうにいる彼をもう二度と確かめることはできない。

それから彼女とも会っていない。それは不思議なことではない。彼女が鈴木真吾のもとへ行くのは然《しか》るべき行動だと僕は思う。

だからこそ彼の熱愛報道の記事を読むまでは、二人はまだ一緒にいるのだと勝手に思っていた。そして今でも、まだ一緒にいるのではないかという期待が、先ほどのような失言を僕にさせた。

彼はしばらく俯《うつむ》いて黙った。僕は甘い酒を無理して何度も飲んだ。僕は聞こえていないふりをしているのか、チャイナブルーをじっと見ていて、それからテーブルに置いてあるくたびれてくたくたになったタバコの箱から一本取り出した。口にくわえ、金属音を鳴らし、火をつける。彼がタバコを吸うところを初めて見たから、その光景には違和感があった。

「デュポンかよ、こっちはラブホのライターなのに」

気まずい空気を砕こうと僕は彼にそう言って、ポケットから自分のタバコを取り出した。

「あの頃からの夢だったからね。使っていいよ」

僕は遠慮なく彼のデュポンを借り、カーンという音を立ててからタバコに火をつけた。オイルの匂いが鼻を包む。燻《いぶ》された空気は酒と合いそうだったが、その酒はこれではない。

「美味《うま》い気がする」

僕がテーブルに置いたデュポンを彼は取り、着火部を覆うキャップを開閉させて、金属音を鳴らした。

「これが俺なんだよ」

「いつからデュポンになった」

「そうじゃないよ。俺はデュポンを持たなければいけない人間になってしまった。ラブホのライターを持つことはできないんだよ」

「嫌みかよ」

「違う、白木蓮吾としてだよ」

彼の言葉は間違っていない。彼がラブホテルのライターを持つのは確かに彼のイメージというのにはそぐわない。過敏すぎる気もしたが、次の言葉で彼が言わんとしていることはおおよそ読むことができた。

「あのときサリーがさ、ラブホテルのライターに見えたんだよ」

「デュポンが香凛ってことかよ」

「愚かだよね。本当にさ」

話す度に彼は小さい瞬《まばた》きを繰り返した。

「同情するよ、そんな世界で売れちまったことに」

少し皮肉を言った。そこには幾ばくか嫉妬《しっと》も混じっている。そして直後に、この五年間で溜《た》まっていた複雑で不快な感情はするすると解け、残ったのは憐《あわ》れみだった。痛々しく弱った彼は、かつて僕の憧《あこが》れていたごっちではなかった。

「石川になんて言って別れた」

「僕といるべきなのは君じゃない」

「それで石川はなんて」

「私といるべきもあなたじゃない」

「あいつらしいな」

僕のカクテルの表層は溶けた氷で水っぽく薄まり、底の方はまだ甘そうな色が残っていた。タンブラー内で織りなされたグラデーションを僕は見つめてから、持ち上げて横に振った。静かなバーでは氷がぶつかる音すらやけに響く。混ざり合って均一になったのを確認してから僕はそれを飲んだ。

「サリー、結婚したんだよ」

「うそだろ」

持っていたグラスを再びテーブルに置くと氷が崩れてまた音が鳴ったが、今度は僕の声に掻《か》き消された。

「いつ？」

「二ヶ月くらい前」

彼への全ての感情は一緒くたになって同情へと変化し、やがてとてつもなく巨大な罪悪感に成長した。僕はそれに押しつぶされそうだった。あの時、彼と共に渋谷に住んでいればよかったのだろうか。彼らが再び戻ることはもうないのだ。それは僕にとって何よりも辛《つら》いことだった。

「ごっち、大丈夫か」

「俺は狂ってるよ。そしてこれからも狂ってく」

彼らしくない乱暴な言葉遣いに僕はたじろぎ、触発されて僕も攻撃的になりそうだったが、懸命に堪《こら》え、どうにか踏みとどまった。

「いっそさ、やめちゃえば、芸能界」

「無理だよ。どこに行っても皆が僕を知っている。白木蓮吾はここではなく、鑑賞者の中にある。やめても僕は芸能人なんだよ」

僕よりも深く自分と対話してきた人間にこれ以上何が言える。彼にかけようと思いつく言葉の全ては陳腐で、ありきたりだった。それでも僕が言ったのは単に僕のエゴなのかもしれない。

「変わったな、ごっち」

「変わらないね、りばちゃん」

「そうかもしれないね。変わらなくたって君は十分魅力的だった。魅力的になろうとすればするほどそういうものは損なわれていくのかもしれない」

彼は飲み干したチャイナブルーをバーテンダーに渡し、スコッチを頼んだ。カウンターに載せた彼の両手は組まれていて、祈るようにも見えた。

「皆僕を過大評価している」

「そんなことない。俺は誰よりも知っている。そんなことは絶対にない」

「僕の歌、聞いたことがある？」

「もちろんあるよ。俺はごっちのほとんどの仕事を見ていたから」

「ひどかったでしょ」

「ひどい歌詞だった」

そんなこと言ってくれるのは君だけだよ、と笑って僕に言ったが、その笑みには力がこもっていなかった。僕は彼の力を補うよう、わざとらしく笑って彼を慰めようとした。

「だって俺、ファレノプシスが好きだったから」

「ありがとう」

「あれ出せよ。そしたら俺にも作曲印税入ってくるだろうし」

「考えとくよ、まぁどうせ直しが入っちゃうからあのままは出せないけどね」

そういうもんなのか、と僕は思った。

「僕を作っているのは僕だけじゃないからさ」

まるで呼吸すらしていないように、彼は凪《なぎ》のごとく静かで穏やかだった。

「今日は酔うことにする」

「俺もそうするよ」

僕は飲み干した卵をバーテンダーに渡し、同じくスコッチを頼んだ。いまさらになって、あの時ろくにビールも飲めなかった二人がこうして酒を飲む事は幸せだと思えた。

「りばちゃんが変わってなくて本当によかった」

「変わらなすぎて最低だ。俺まだ小出水さんところにいんだよ。あの時、ごっちに罵《のの》しられた時と同じようなことを俺は五年も続けてる。やめたいのに、やめられないんだ」

「知ってるよ。でも大丈夫だよ。君はこれから有名になる」

今日の彼の言葉のいくつかはまるで霊能力者のように断定的だった。

「もはや有名になりたいのかどうかも分からないけどな。なんでこんな世界に依存してんだか」

そう。僕自身分からなくなっている。有名になりたくてもなれなくて。有名になったやつが苦しんで。僕はいったい、どうなりたいのだろう。

「有名になってもらわなきゃ困るよ」

暗いせいで確信はないけれど、目元が潤んでいるようだった。

「これ、あげる」

彼はそう言って僕の前にデュポンを置いた。

「夢だったんだろ、これ。もらえないって」

「もういいんだ。りばちゃんに使ってほしい」

あの時の彼の顔を見れば、誰だって断ることはできないだろう。

「じゃあ俺もこれ、あげるよ」

僕はポケットからライターを取り出し、それから彼の腕を取って手のひらに置いた。

「外で使うなよ」

「ありがとう」

彼は早速タバコを吸った。「美味《うま》い気がする」と先ほど僕が言ったのと同じ言葉を繰り返した。煙に顔をしかめながら、両方のまつげを人差し指で撫《な》で、彼は薄く笑った。

「りばちゃん、オニアンコウって知ってる？」

彼は先程までとは打って変わって、明るいトーンで話し始めた。それが別の感情を押し隠すためなのは明らかだった。

「知らない。美味いの？」

「深海魚だよ」

口元に寄った皺《しわ》が丁寧に重なっていて、それは彼の顔全体を優しい表情に見せていた。そして「こんな感じの顔の魚」と顎《あご》を出して口と目を半開きにする。そのふざけた顔は間抜けで愛らしかった。

「オニアンコウっていう深海魚はさ、メスの方が大きいんだけど、小さいオスはメスを見つけるとメスの体に食いついて、寄生すんの」

彼の話し方はまるで、自分だけが知っているクラスメイトの噂を得意げに話す小学生のように、活《い》き活きとしていた。

「それで？」

「メスの体に食いついたオスはメスに完全にくっついて生殖器以外の全ての機能を退化させるんだ」

「どういうこと？」

「メスの体の一部になるんだよ」

「ほんと？　おもしろいね」

「でしょ。だから実質、オスは死んじゃうんだ。ただ生殖活動だけは続けていて。愛だよ、愛」

「献身的だな。メスに食べられるカマキリみたいだ」

そう言うと彼は大きく一口、スコッチを飲んだ。

「僕はそうなりたいんだ」

結局二人は十分に酔ってしまって、僕はちゃんと歩けないくらいだった。記憶が曖《あい》昧《まい》だが、会計は彼がした。領収書をもらっていたから間違いなくそうだ。そのあと、どういったいきさつでこうなったのかは分からないのだけれど、彼の家に泊まった。

翌昼過ぎ、目覚めると僕は彼の真っ赤なソファーで寝ていて、僕の体には派手なブランケットが掛けられていた。部屋を見渡すとまだ夢の中だと疑うほどの景色が眼前に広がっている。黒いシャンデリア、革のテーブル、アイランド式のキッチン、百インチくらいのテレビ。しばらく呆《ぼう》然《ぜん》としてしまった。そして天井に設置されたピクチャーレールからは石川が描いた彼の似顔絵がぶら下がっていた。

テーブルの上には置き手紙と鍵《かぎ》があった。

昨日はとても楽しかったよ。約束の件なんだけれど今日は仕事が夜までかかるから九時にここで待ち合わせしよう。それから近くで飲みにいこう。家を出るときはこの鍵を使ってください。

約束をした記憶はすっかり消滅していたが、僕は今夜も暇だった。

第十一章

25歳
シングルモルトウィスキー

約束通り九時を目安に彼の家に戻る。麻布十番の駅に着き、しばらく歩くと彼の住んでいる高層マンションが見えた。周りの建物よりもひと際高いタワーマンションの窓は電子回路を思わせるほど、緻密《ちみつ》に並んでいた。

建物内に入るとまるでホテルのロビーのような内観で、すぐ右手には受付があり、そこにはコンシェルジュが常駐していた。そこを通り過ぎる間に彼らの視線を強く感じたのはおそらく僕が見慣れない顔だからだ。

いくつかのオートロックのドアを抜け、エレベーターに乗って「27」というボタンを押す。直前に乗ったであろう人の甘ったるい香水の残り香が鼻をつく。

エレベーターを出ると気圧のせいなのか、空気の怒号が廊下中に響いていた。左に曲がり、次をまた左に曲がった一番奥の部屋が、確かに白木蓮吾が住んでいる、そして住むにふさわしい部屋だった。鍵を差し込み回すと、重々しい音がなり、ドアを引いた。

玄関に入ると、彼はすでに帰っているようで、そう思ったのはブーツがこちら向きに整って置かれていたからだ。

彼の名を数回呼び、僕は廊下を歩いた。

ドアをスライドさせ、リビングに入る。

そこにごっちはいた。

彼の似顔絵の横に、彼は吊《つ》り下がっていた。

足に鉛のような重みを感じる。不整脈が波打つ。

僕は立ち尽くした。

ダウンライトに照らされながら項垂《うなだ》れている彼は酷《ひど》いありさまで、部屋には異臭が漂っている。顔は項垂れていて見えない。無秩序にうねる髪は彼の顔に纏《まと》わりつき、黒い服がだらしなく乱れている。

目だけを動かし、僕と彼の間にある黒いガラステーブルを見る。そこには「遺書」と書かれた手紙が二つとペン、飲み干されたグラスとウィスキーのボトル、コルクの抜かれていないシャンパン、タバコと灰皿と僕が昨晩あげたライターがあった。

ひとつの遺書はただ「遺書」とだけ書かれていて、もうひとつには「ごめんりばちゃん　遺書」と書かれていた。

喉《のど》を息が引っ掻《か》き、無音の空間に絞るような音を鳴らす。例えるなら弦の錆《さ》びついたチェロ。その音が自分の内臓をつんざく。皮膚の上で蟻が踊り、痒《かゆ》みは疼《うず》きに変わり始めた。

喉元に手を当て呼吸を確保し、自分がまず何からするべきかを熟慮する。足下から根の生えた体を無理に動かすが、うまくいかない。体を引きずるようにして歩いていき、一度リビングを抜け、洗面所を探す。全てのドアを開け、僕は目眩《めまい》をこらえて洗面所を求めた。

洗面所の横にある棚には真っ白なタオルがサイズごとに几帳面《きちようめん》に畳んで積まれ、真ん中あたりのタオルをごそっと七、八枚抜くと上下のタオルはばさばさと不自然に地面に落ちた。

引き抜いたタオルを水で濡《ぬ》らすと、しおれていくタオルが異様に気持ち悪く、僕は少しだけ胃液を嘔吐《おうと》した。

一枚ずつきつく絞り、リビングに行く。

吊られた彼の下にある汚物をタオルで拭《ふ》き、彼が使ったであろう横に倒れていた椅子に立って、僕は彼を下ろそうとした。椅子の上に立つとダウンライトの光熱で僕はじんわりと汗ばんだ。

どうすべきか分からないまま彼の首に巻き付いた縄をピクチャーレールのフックから外そうとしたが、なかなかうまくいかない。何度も床に落ちつつも、彼の腰を持ち上げてそこから外し、フローリングの上に横にした。壁にはまだ彼の残した汚れがこびりついていてそれらもタオルで拭いた。

僕は彼の顔を見た。

青白くなった彼の顔は妙に美しかった。僕はこの時初めて人の死体を見たのだけれど、誰しもこんなに美しく死ねるものなのだろうかと疑念を抱いた。

テーブルに近寄り、彼の遺《のこ》したものを一通り眺めた。灰皿には二本の吸い殻。そして僕は、僕宛ての遺書を読んだ。

りばちゃんへ

りばちゃんにこんな僕を見せるのは心苦しい。ただ、君だけにしか頼めないんだ。でもやっぱり、本当にごめんね。

誤解しないでほしいんだ。僕が死ぬのはりばちゃんのせいじゃない。むしろこれが唯一の希望なんだ。うまく生きられなかっただけなんだ。

サリーが言っていたメダカのことが分かったよ。僕は僕が嫌った色を映し続けていたのかもしれない。そして僕は透明になる。僕は彼女ほど強くない。自色を受け入れることは無理だった。

ありがとう。りばちゃん。昨晩君に会えて本当によかった。りばちゃんは本当に素敵な人だ。心からそう思うよ。

お願いがあるんだ。僕は最後まで白木蓮吾であるべきだと思う。ただ最後の白木蓮吾はりばちゃんに決めてほしい。

もうひとつある遺書の中には六枚の遺書が書かれた紙が入っている。その中から僕の遺書を選んでほしい。僕のほとんどを見てきたりばちゃんなら、出来ると思うんだ。

僕を作れるのはもう君しかいない。

お願いだ。こんな僕を見せられるのはりばちゃんだけなんだ。愚かな僕を許してくれ。僕の死は決して尊くなんかない。

あとひとつ。もしサリーに会うことがあるなら、結婚おめでとうと伝えてほしい。

ごめん、もうひとつ、いいたいこと。りばちゃんが僕らの家に置いていったシャンパンがまだあるんだ。いつか一緒に飲める日のためにとっていたけれど、実現できなくてごめん。りばちゃんに返すよ。ぜひ飲んでください。あと、歩きタバコはやめなよ。

頼み事ばかり、ごめんね。そしていつも甘えてばかりで、ごめん。向こうで姉ちゃんと待ってるから。

僕よりも有名になってね。りばちゃんなら大丈夫だから。偉そうな言い方でごめん。でも本当だから。

愛《いと》おしきりばちゃん。ありがとう。

死ぬ前に書いたとは思えないほど筆跡は丁寧で落ち着いていた。

狂いきった彼に僕はなんて言えばいいんだ。

封筒の中にはビニール手袋があった。遺書鑑定の際に疑われないようにするためのものだろう。まったく、なんて几帳面なんだ。最後まで抜かりない。

ビニール手袋をはめ、もうひとつの封筒を開ける。そこには確かに一言だけ書かれた遺書が六枚ほどあった。

父母、香凜、ファンの皆様、ごめんなさい。ありがとう——香凜の部分を消そうか考えた。しかしなにもせずに次の一枚を読む。

その先へ、いく事にします——歌にかけるのは悪くないけれど、やりすぎかもしれない。

死ぬ演技は難しくない　本当に死ぬのはもっと容易《たやす》い——どっかで誰かが言ってそうだ。

色褪《いろあ》せるより燃え尽きる方がいい——これはニール・ヤングの歌詞を引用したカート・コバーンの遺書の引用。

今までありがとう。うまれてきてよかった。芸能界に生きれてよかった。そして僕はやるしかない。やらないなんてないから——これは彼の信念に似ているが……なんだろう。このどこか唐突な雰囲気は。遺書らしくないというか……これも誰かの引用か。しかし、これが一番彼らしい。

死体置き場の中の一番カッコいい死体でありたい——これは……リバー・フェニックスの言葉。

この紙には付箋《ふせん》が貼られていて、「これは君の方がふさわしいかもしれない」と書かれていた。よせよ。こんな時に、冗談なんか。

僕は横にあるペンで付箋に試し書きをし、「一番」の「一」の上部に同じ平行線をそれより小さく書き足した。仕返しに彼の好きそうな冗談を返そうと思ったんだ。ただ、手に力が入らないせいで線は少し歪《ゆが》んでしまった。

とたんに体が震える。体温が上がっていたからか、涙は頬骨にまで届かず消失していく。

僕は五枚の遺書と付箋を抜き取り、彼らしいと思えた一枚を封筒に戻した。抜き取った遺書は僕宛ての遺書の封筒に入れて、コートの胸ポケットに入れた。この時になって僕がまだコートを着たままだということを知ったが、脱ぐ気にはならなかった。

部屋が寒い訳ではない。ただ何かに包まれていないと、僕自身も壊れそうだった。

それからテーブルにあるラブホテルのライターを僕はデニムのポケットに入れた。

ポケットの中でデュポンと当たった音がした。

彼の黒いパーカーのジップを外し、少しずつ硬くなっていく彼の体を丁寧に動かして脱がした。中に着ていた白いTシャツも同様にした。Tシャツは冷たく濡れていて、特に脇のあたり——彼が直前までかいた大量の汗は、彼の悲しみの全てを僕に伝えた。

スウェットも下着も脱がす。彼の下半身についた汚物をタオルでまた拭き取る。悪臭には慣れたのか、もう感じない。新しいタオルで彼の上半身の乾いた汗を拭き、それから顔を拭こうとした。彼の目元から白い粉の筋がいくつも延びているのに気付く。僕の汗と涙が彼の顔の上に落ちる。数秒、じっくりと目を閉じ、改めて彼の顔を拭く。濡れたタオルからじわりと染みでた水を彼の皮膚が弾《はじ》き、転がった水滴のいくつかが目元にたまる。それをまた拭《ふ》くと、僕の体の筋肉は不安定に収縮した。

最後まで使わなかったタオルのひとつで僕は自分の顔を拭いた。気絶しそうになるのを堪《こら》え、キッチンからビニール袋を探し出して汚れたタオル、彼が着ていた服、下着、縄をそこに入れた。

シンクで手を洗い、今になってコートを脱ぐ。彼の寝室へと向かう。ウォークインクローゼットがあり、彼のハンガーに吊《つ》るされた服がまた几帳面《きちようめん》に並んでいた。

それら全ての服を見た。いくつかは昔に見た事があるようなものもあって、その服達は情けなくくたびれている。

端の方に薄いビニールのかかった服がひとつあった。それを取り出すと、シャリシャリとビニールのこそばゆい音が鳴り、それを強引に破ってはがそうとしたがすんなりといかず苛立《いらだ》った。なんとか引きちぎると破れたビニールは床に落ち、その形はまるで蛇の脱皮のようだった。一瞬、背後から強い力で締め付けられたような感覚が僕を襲う。

ビニールの中身はグレーのスーツの上下で、輪郭にはピンクのステッチがされていた。生地には小さな千鳥格子が連なっていて、シャツは襟の高いストライプのシャツだった。僕はそれと下着と黒いハイソックスを見つけ、リビングに運ぶ。

彼はどこにも行く事なくまだそこにいた。僕は下着を穿《は》かせ、靴下を穿かせた。先ほどよりも体は冷たい。シャツを着せるため、彼を転がすようにうつ伏せにする。後ろから袖《そで》に手を通し、また仰向《あおむ》けに戻す。ボタンを襟元まで閉じていくと自然に縄のあとは隠れた。ネクタイを忘れた事に気付いたが、先にスーツの下を穿かせる。ベルトもないが、それはない方が良い。そのような判断ができる僕は、だいぶ冷静さを取り戻していたようだった。

再びウォークインクローゼットに戻りネクタイを探す。それらはハンガーの首にまとめて重ねられていて、とたんに先ほどの光景を連想してしまい、僕はまた洗面台にいって少し吐いた。戻ってそれらの中からネクタイを選ぶ。ピンク色のひとつを持って彼のもとへ戻った。

寝ている彼の背後からネクタイを回し、正面で二度クロスさせる。そしてそれらの間に首元からネクタイの先端を通して結ぶ。人のネクタイを結んだ事のない割には一回でちょうどいいバランスになった。

張りのある生地の光沢。まるで真珠の貝殻をグレーターで磨《す》り下ろしたような鱗粉《りんぷん》の光。そしてその不協和音。

洗面所に行って彼の化粧棚を開く。櫛《くし》とヘアスタイリング剤。香水もある。

彼の髪を梳《と》かし、少量のヘアスタイリング剤を手に取って彼の髪を整える。いくら辛抱しても、柔らかい髪が僕の手にまとわりつくのには慄然《りつぜん》とさせられる。束になった髪の流れは風に撫《な》でられた草原のように滑らかだった。

最後に彼の喉《のど》のあたりと両手首に香水を振る。木質のいい香りが広がったと同時に、忘れていた部屋の異臭を際立たせた。

それぞれを棚に戻し、僕は彼を彼の背中から抱きかかえ、寝室へと運ぶ。彼の香水とヘアスタイリング剤の匂いが澪《みお》を引いていく。

木枠の大きなベッドの真っ白なカバーの上に彼を乗せる。ここに来てやっと、僕は寝室をしっかり見る事ができた。

キングサイズのベッドの両脇にはサイドテーブルがあって、その上にはスタンドライトが点灯したまま置かれており、天井から下がった黒いランプシェードの照明も煌々《こうこう》と光っていた。この時になって全室の電球の灯《あか》りが初めからついていたことに気が付いた。

僕はリビングに戻ってウィスキーとグラスを取り、一部屋ずつ回ってベッドサイドのスタンドライト以外の全ての電気を消した。途中、ビニール手袋をはめたままだったことに気づく。持っていたウィスキーとグラスをテーブルに置いて、タオルを入れたビニール袋に僕はそれらも入れた。汗で蒸れたビニール手袋を外すと手は不愉快に湿っていて、僕はまるで汚いものでも触ってしまったかのように自分のデニムで必死に両手を拭いた。再び寝室に戻り、ウィスキーとグラスを床に置き、彼のスーツの裾《すそ》を引っぱって皺《しわ》を伸ばし、姿勢を正す。

ベッドのちょうど真ん中、ベッドの両脇と平行。両手は腰から少し離し、手のひらは下に向ける。いや上だ。足は肩幅に同等の距離。重ねて厚みを出した枕に彼の頭をのせ、角度をつける。再び乱れた髪を整え、服の皺をなくす。

全ての作業を終えたあと、僕は自分の顔以上に見てきた彼の顔を改めて見た。彼からもらったデュポンを取り出す。一度着火させてからキャップを閉じ、再びスーツのポケットにそっと入れた。

両脇の電気を消すとカーテンの開いた窓から月と夜景の光が室内に差し込んだ。グラスにウィスキーを注ぎ、窓からその景色を眺めた。星は街の上にあり、そしてたくさんの星がこぼれたように夜景も輝く。

「どのビルがファレノプシスだろうな」

「あのラーメン屋があるビルだよ」

「男？　女？」

「じゃあ、男」

ウィスキーを一口大きく飲み込んで、僕はベッドの脇の床に仰向けになった。口内に広がったシングルモルトは樽《たる》の香りをべっとりと舌になすりつける。

天井は真っ暗だったけれど、ざらついた質感だけは感じ取る事ができた。

「りばちゃん、吉田拓郎の歌でさ、たしかなことなどなにもなく、ただひたすらに君がすきっていうフレーズの歌なんだっけ」

「『流星』な」

「あの歌の続き知ってる？」

「夢はまぶしく　木もれ陽透かす　少女の黒髪　もどかしく　君の欲しいものは何ですか　君の欲しいものは何ですか」

「くわしいね、りばちゃん」

「親父、好きだったからな」

それから彼は何も言わなくなった。ざらついた天井が滲《にじ》んで滑らかになっていくのを僕はしばらく眺めていた。

第十二章

25歳　ジンジャエール

コンクリートはよく冷える。その冷えた壁に顔を擦《こす》りあて、僕は彼との時間をなぞった。ひんやりとした温度だけがここが現実だということを教えてくれるが、やがて頬の温度が伝わってしまった壁は温《ぬる》くなり、僕は体を動かして冷たい部分をまた探す。

そして留置場の部屋で時折、ぼそぼそくさと彼の遺言を呟《つぶや》いたりしていた。

「うまく生きられなかっただけ、か」

うまく生きることなんて、俺だってできねぇよ。

留置場で過ごした五十三日間を孤独に感じることはなかった。むしろ時間は少し足りない風にも思えた。

あの日、僕はあれから胸ポケットにしまった遺書を何度も読み返し、何度も彼の顔を見た。諦《あきら》めはつかなかったけれど、それでもなんとか彼に別れを告げ、警察に電話をしたのが午前五時になる頃だった。おかげで全ての文字を覚えるほどに僕は遺書を読み返し、夜明け前には汗で紙の縁が波状になっていた。そういえば、五年ほど前の彼の置き手紙も同じように強く握っていたのを思い出した。僕はいつも、彼の手紙を強く握りしめていた。

警察に連絡してから彼を拭《ふ》いたタオルや手袋、縄や彼の服が入ったビニール袋、そしてウィスキーボトルを持って僕は彼の家を後にした。

僕宛ての遺書と僕が選ばなかった五枚の遺書は、警察を呼ぶ直前に似顔絵に隠した。持ち歩くよりもその方が安全だと思ったからだ。直に僕は警察に行くはめになるだろう。これが大事件になることは僕だって分かっている。それでもこの遺書が警察に押収されるのだけは許せなかった。それはごっちが望んだことじゃない。額縁を下ろし、裏板を外して彼の絵が描かれたキャンバスと裏板の間に遺書を隠した。そして丁寧に戻し、何もなかったように再び壁に飾った。絵を見つめていると、そのすぐ横に彼が吊《つ》るされていたことを思い出してしまい、僕は辛《つら》くなって寝室に戻り、またウィスキーを飲んだ。

麻布十番から渋谷へと向かう。疲弊したアル中のサンタクロース。僕はそんな様子だったろう。白々と夜が明けてくる中、ウィスキーを飲みながらひたすらに明治通りを歩いた。

美竹公園の空気は妙に澄んでいた。僕はいつものベンチに座り、どさっとビニール袋を自分の足下に置く。かじかんだ手を無理矢理動かして袋をひっくり返し中身を出すと、タオルの山から異臭がすぐに舞った。適当なタオルを手に取って、僕はポケットから出したラブホテルのライターでそれに火をつける。そして、再び山に戻した。じりじりとタオルは焼けていき、縄や服にも火が移っていく。異臭は以前と違った種類の臭気へと変化し、煙とともに空へと抜けていった。

焔《ほのお》を見つめた。立ち昇る煙の様は妖艶《ようえん》な獣のようで、ふと数年前に読んだ『華氏451度』を思った。なら俺はサンタではなく焚書官《ふんしょ》ガイ・モンターグか。状況も多少似ている。確かあの本のラスト、焚火《たきび》でベーコンを焼きながらグレンジャーが不死鳥の話をするんだよな。自分自身を何度も火葬し、その度ごとに灰の中から生まれ変わる不死鳥《フェニックス》。人間と似てるって話だっけか。つまりこの煙、妖艶な獣の正体は不死鳥というわけだな。ごっちの燃え上がる遺物の中で火葬し蘇《よみがえ》る不死鳥。しかしながらごっちはもう蘇らない。死んだ不死鳥なのか。待てよ。俺はリバー・フェニックス、河鳥大だ。不死鳥は俺になるのではないか。燃え上がるお前は俺なのか？　ではモンターグはごっち……君は俺で、俺は君という……どうかしてる。俺は随分と酔っているんだな。

僕はウィスキーのボトルに口をつけ、それから火に注いだ。不死鳥はボフッと低い鳴き声を吐き出し、大きな翼を広げる。勢いを増して燃えた焰は慰めるように僕を暖めた。

何度かブルーシートの住人の数人に怒鳴られたり殴られたりしたが、僕があまりにも無反応だったせいか、諦めてどこかへ消えていった。ここに住む彼らがグレンジャーやシモンズ博士らならよかったのに。線路の上でモンタージュを出迎えた彼らだったら、僕はどれほど救われることだろう。

全てが灰になった。任務を果たした安心からか、僕はそのままベンチで寝てしまった。そして僕を起こしたのは機械シェパード……ではなく二人の警官だった。

この後のことを話す必要があるのだろうか。大半は皆が知っている事なのに。

報道の通り、僕は死体の第一発見者であり、なおかつ証拠を隠滅した容疑者だ。それも有名人の死体。自殺幇助《ほうじょ》、自殺にみせかけた殺人。ありとあらゆる容疑がかけられるのは当然だ。僕の行動が理解されるはずがない。僕はある程度事実を正直に述べたが捜査は難航していたようだ。警察ももちろん信じるわけもなく、僕を異常者扱いするのは自然の流れだった。無論、本当にそうではない保証はどこにもないのだが。

僕としては、その後の生涯を塀の中で暮らすことになろうと構わなかった。釈放だろうが刑罰だろうが、それこそ死刑だろうがどこにいたって彼がいないということには変わりはない。ただ僕の行動のせいであらぬ疑いまで浮上し、司法解剖になってしまったのは残念だった。刻むことなくそのまま火葬してやりたかった。

唯一、僕が隠した遺書が見つからなかったことは救いだった。その点では安心した。僕が留置場にいる間、外でどうやら僕のことが話題になっていると知ったのは弁護士からだった。他の接見は許されていなかった。小出水さんが用意してくれた弁護士は度々僕のもとを訪れ、僕の法的立場はもちろん、世間での動向と評価も伝えてくれたが、僕はそれらの内容をほとんど聞き流していた。意図してそうした訳でなく、たいていの言葉は僕の耳の手前でこぼれてしまう、という状態だった。最後の弁護士との接見は釈放の一週間前くらいだった。死体の鑑定と現場検証から死亡時刻も推定され、僕は無罪となった。あの高級マンションにやたらと設置されたセキュリティカメラと僕に猜疑心《さいぎしん》を抱いていたコンシェルジュのおかげで、僕の死体発見時刻を断定できたということも大きく影響したらしい。しかし別段釈放を願っていた訳でもなく「そうですか」と僕は無力に返事をした。呼応して弁護士は「やりがいないな」と吐き捨てるように呟いた。

釈放された日、迎えに来てくれたのは小出水さんだった。今回小出水さんはとにかく僕の周りの世話をしてくれていた。

「心配するな、とりあえずホテルを押さえてるから、そこに泊まっとけ。実家に迷惑かけたくないだろう」

小出水さんのその言葉の意味は全く理解できなかったが、質問する労力はこの時にはもう残っていなかった。僕は没収された携帯電話等の所持品を黙って受け取り、小出水さんに従って警察署から外に出た。

下を向いていたせいで、すぐには気付かなかった。

数々のフラッシュが僕にぶつけられる。

顔を上げると、結構な数の記者やカメラマンが僕の方に向かって慌ただしく群がってきた。

僕は戸惑った。

とりあえず軽くお辞儀をして小出水さんについて行くが、記者達は嫌な距離感で僕にまとわりつき、「今のお気持ちは」とか「白木さんと最後に話した言葉は」とか答えづらい質問ばかりを投げかけるので、僕は逃げるように車に飛び込んだ。問題を起こした政治家の気分を存分に味わった。

「なにこれ」

「お前がこんなに有名人になって、俺は鼻が高いよ」

隣にいる小出水さんの皮肉には少しも笑える要素がなかった。フラッシュのせいで視野には奇妙な緑色の影が残っている。

「犯罪者としてだけど」

頭痛を紛らわすために太ももの皮膚をつねる。

「ちがう、お前はまさしく大人気だ。一躍時の人だよ」

「なんで」

痛みは散らず、むしろ増した。

「お前が警察に連行されるところがこの二ヶ月ずっと流れ続けたからな。宣材写真もかなりテレビに出てた。白木蓮吾のイケメン親友！　とか週刊誌にも書かれてたの……お前知らなかったのか。事務所にものすごい量のファンレターが来ちゃってるぞ。いやいや、白木もこんないい友達持てて幸せだったなぁ」

途中から聞き取れなかった。というよりは、脳が追いつかなかった。ただそれでも小出水さんのデリカシーのない言葉だけは頭に張り付いて、胃の底が熱く焼けそうになった。

「遺書も見つかってるから、そんなにみんな疑ってない。むしろお前の奇行を評価している人だって少なくない」

違和感が喉《のど》の奥でつっかえたまま、僕は返答できずにいた。小出水さんは「今までお前が売れなかったのが不思議なくらいだ」と隣で言い続けていたが、それらが僕に言われているとは全く思えなかった。

後ろからは明らかに数台の車が僕らの車を追いかけてきていて、運転手はそれらを振り払おうと、時に激しく乱暴なハンドルの切り方をする。その度に座席の上で僕の腰も左右に滑り、余計な労力を避けるために右窓上のアシストグリップを摑《つか》んでバランスを保つようにしていた。

しかしそれは妙に慣れた運転で、運転手はレーシングの経験でもあるのだろうかとふと思った。僕は運転席の真後ろにいたため彼の顔は全く見えなかったが、背格好からは僕の知らない人のようだった。

「運転上手《うま》いですね」

彼に話しかけたのは、煩わしい小出水さんの話よりは他人のどうでもいい経歴や素性を聞く方がよっぽど気が楽だったからだ。しかし彼は何も返答せず、黙ったままだった。代わりにやはり小出水さんが答えた。

「その人はもともと白木蓮吾のマネージャーだったんだよ」

同じような話題がブーメランのように回る。それでも今回は会話を続けようとした。違う会社の人間がどうして僕らの会社のマネージャーをしているのか疑問だった。

「じゃあなんでいるんですか」

言い方が不躾《ぶしつけ》になるのは仕方がないことだった。僕はまだ、この空間に慣れていない。僕は運転手の方に質問をかけたが、また小出水さんが答えた。

「お前の報道を見て興味を持ったらしくてな、ケヴィンカンパニーやめてわざわざうちに面接受けに来たんだよ。給料半分以下なのにそれでもいいってさ」

歯痒《はがゆ》さが再びこみ上げる。その気持ち悪さが消えないまま、僕は背もたれに寄りかかりタバコを取り出しくわえた。それからライターを出したが、火をつけようと手元を見ると突然息苦しさが押し寄せてきて、僕はくわえていたタバコを箱に戻した。

運転手は時折バックミラーの方を一瞥《いちべつ》し真後ろの車を確認する。その度に踏んだアクセルの奥でエンジン音がした。そういった流れを繰り返し、彼は追跡する車を全て振り切った。それから十五分ほど後、ホテルのロータリーについた。

「もうチェックインしてあるから、気付かれないように部屋まで行くんだぞ」

小出水さんはそう言って僕にマスクを渡した。

「必要なものは明日《あした》届けるから。すぐに必要なものはこのマネージャー、田中《たなか》に連絡しろ」

田中さんが自分の名を名乗ってから会社名と電話番号とアドレスの書かれた名刺をくれたので、僕は「河鳥大、河田大貴です」と名乗った。二つ名乗ったのは僕がどちらの名前で報道されているのかが分からなかったからだった。

「それで、これからどうしたい。しばらく休むか。それなりに仕事はあるぞ。お前次第だ。ただいつか必ず仕事はしてもらうがな」

小出水さんはどことなく嬉《うれ》しそうで、それがまたデリカシーの無さを露呈した。

「なんでもいい」

「そうか。じゃあ仕事の連絡、マスコミへの対処、そういったのも明日田中から連絡させるからな、だから電話の電源つけとけよ。とりあえず今日だけはゆっくり休め。充電器、これでいいんだよな？」

没収されていた携帯の電源がまだ切れたままだったことを僕は忘れていた。

「ありがとうございました、ありがとうございました」

僕は充電器を受け取り、後部座席のドアを開けて降りてから二人ともにそうお礼をして、スライド式のドアを右に引っ張った。

お辞儀をして車が行くのを待っていると、窓の下がる音がして「早く部屋に入れ」と小出水さんに囁《ささや》くような声で一喝された。僕は向き直り、小出水さんからもらったマスクを素直に着けて、ロビーを抜け、エレベーターを探した。

二ヶ月ぶりの外、なおかつホテルというのは僕を少しも穏やかにさせなかった。やがて妙に暑いと感じたのは僕があの日と全く同じ洋服を着ていたからで、それに気がつくとまた目眩《めまい》を起こして倒れそうになった。ただ洗われていたのか、あのときついたはずの汚れやシミはほとんどなかった。このたった二ヶ月近くでも季節の移ろいは歴然で、そのことがまた僕に非現実的感覚を与えた。

エレベーターに乗り十階を押す。微《かす》かにかかる重力により、このエレベーターの機能性を感じ取る事ができる。

あっと言う間に十階に着き、カードキーのカバーに書かれた部屋番号を探してそこに行く。中に入るとその部屋は無駄に広く、なぜかツインルームでベッドは二つだった。

窓側のベッドにうつ伏せで倒れると、思いのほか勢いがついていたのか底のバネが大きく僕の体を跳ねさせた。ぎりぎりと軋《きし》む音が、しばらく部屋に響く。

そのまま僕は放心した。本当に何も考えず、感じずに。そのようなことができるように僕はなっていた。やがて絞るような音が腹部から鳴る。時間を見るためにもぞもぞと体をくねらせてどこかのポケットにある携帯電話を探し、借りた充電器をコンセントに挿《さ》して携帯と繋《つな》ぎ、電源ボタンを押した。携帯の電源がつくのを待っている間に上着と靴を寝転んだまま脱いだ。

電源がつくなり、多量のメールと不在着信をしらせるSMSが届く。時刻は十七時十八分。

はっきりとため息をついて全てのメールとSMSを削除した。それから母親に電話をかけた。「心配しなくていいから。親父にもよろしく伝えといて」とだけ母に告げ、電話を切ろうとした。切り際、母親は最後に弱々しく僕に尋ねた。

「あんたホントにやってないんだろうね」

「やってないよ」

僕は電話を切った。

それとほぼ同時に、電話が鳴る。

「ちょっとあんた、大丈夫？」

電話に出ると、ついおとといにでも会ったような口調で石川は話しかけてきた。

「わかんない」

「わかんないってあんた……今テレビ見てたら速報で釈放の表示が出たから何度もかけてたのよ。自分の状況どこまで分かってる？」

「皆無」

久しぶりに聞いた彼女の声は意外にも僕を安心させた。

「私はあんたを信じてるけど、皆がそうとは限らないのよ。白木蓮吾が亡くなって、ウェルテル効果大爆発だったんだから。その子達の親と、生きてるファンの全員は今のところあんたに恨みを持ってるわね」

「あはは、俺も死ねってか」

「笑えないからやめなさい」

僕は久しぶりに少し笑い、口角の周りの筋肉は急に収縮させられたことに戸惑っていた。

「でも反対に、それなりに人気になっちゃってるの。ヒーロー扱いしてる人もいる。本物の友情だって」

本物の友情。

「そんなんじゃない」

僕は切り捨てるように言うしかなかった。彼女は一瞬何かを言おうとしたようだったが、僕の言葉に押し返されたのか黙ってしまった。

「結婚おめでとうって、ごっちが伝えてくれとさ」

黙っている彼女に追い打ちをかけるごとく僕がそう言ってしまったのは、八つ当たりだったのかもしれない。彼女の優しさは、僕を穏やかにする反面、甘やかした。別に非難したかったわけではない。もっと言えば半ば無意識で、脳に口が付いて喋《しゃべ》ってしまった、そんな感じだった。

僕らは完全に黙り込んだ。でも耳にはきちんと携帯を当てていて、時折顔を擦《こす》るような音とはなをすするような音が耳元から聞こえた。

「もう、いない、んだよね」

彼女は区切り区切りそう言った。その間々には彼女の大きな呼吸が聞こえる。

「いないよ」

何度も弁護士や警察に事情を述べてきたおかげで、僕は多少なりとも現実を言葉にできるようにはなっていた。

「切るよ」

「うん」

「分かった、また電話する」

「じゃあね」

「じゃあね」

そう言った後も僕は電話から発せられる音を聞いていた。彼女もそのようだったけれど、やがてガチャッとノイズがして、ボタン音がしたと同時に通話終了を知らせる無慈悲な音が聞こえた。気のせいかもしれないが、ガチャッとピッという音の間に彼女のすすり泣きとそれに伴う嗚咽《おえつ》がした。

再び体をくねらせ、コートから田中さんの名刺を取り出す。田中イサキ。どっちも苗字《みょうじ》みたいな名前だ。

携帯電話に彼の電話番号を打ち込み、かける。

「もしもし」

「もしもし河田……河鳥です。田中さんですか」

「あ、はい」

「まだ近くにいますか」

「待機しろと言われていますので今晩はこの辺にいます」

とたんに申し訳ないと思うが、僕は質問を続けた。

「あの、ごっ……白木蓮吾の告別式ってあったんですか」

「ありました」

「その映像とか、誰か持ってますか」

「確認してみます」

「お願いします」

「分かりました」

「あ、あと」

「はい」

「夕飯ってどうすれば」

「ルームサービスでも大丈夫とは言ってましたが……何か買ってきましょうか？」

「あ、お願いします」

「なにがいいですか？」

僕はなんでもいいと言った後に、やっぱり牛丼で、と付け足した。特にそれが食べたかったからではなく、彼に迷ったり考えさせたりする面倒をかけるのは忍びなかったからだった。ついでに水と久しく飲めていなかったジンジャエールを頼んだ。

ふと、充電器のコードが首に絡んでいることに気がつく。僕は大慌てでそれをほどき、乱れた呼吸を戻そうとテレビの電源をつけた。ぱちぱちとチャンネルを回すと、民放はどれも夕方のニュースを放映していて、そのうちのひとつは僕の釈放の様子だった。画面の右上には速報と表示されている。そこに映る僕はあまりにもみすぼらしく痩《や》せこけていて、髪の癖のいくつかがあらぬ方向に捲《まく》れていた。

映像はスタジオに切り替わり、コメンテーターの一人が「河鳥さん、ようやく釈放されましたね、これで真相が明るみに出る可能性がでてきました」と言った。真相。自分が河鳥と呼ばれていることをようやくここで知った。これは僕としては本望だった。彼が白木と呼ばれているなら、僕も芸名で呼ばれていたかった。

そしてさきほどのコメンテーターの隣の中年女性は「でも私、河鳥さんのこの蠱惑《こわく》的な雰囲気、嫌いじゃないです」と言った。

僕はテレビの電源を消す。数分後、ドアの方からノックが聞こえ、僕はドアを開けた。

「早かったですね」

「近くに牛丼屋ありましたから。あと告別式のDVDないみたいなんですけど、多分どっかの動画サイトで拾えると思うので、パソコン持ってきました」

「ありがとうございます。借りてもいいんですか」

「もちろんです」

そう言って彼はノートパソコンをカバンから取り出し僕に渡して、失礼しますと帰って行こうとした。

「もし良かったら、ベッド空いてるんでここで寝て行きませんか」

自分でもなぜそんな案を提示したのか分からない。彼はもちろん遠慮していたんだけど、半ば強制的に部屋に呼び込んだ。

「では、失礼します。もしお邪魔になりましたらいつでも出て行くので」

彼は部屋でも猫背な姿勢のまま立っていて、僕は何度も彼をベッドに座るよう促した。途中でふと、こんなに強引では何か勘違いをされるのではと思い、以降は口調と言葉選びにしっかりと注意を払うよう心がけた。

「やっぱり白木さんと、似てますね」

やっぱりという言葉の含みは一体何を示しているのだろう。

「どこらへんが、ですか」

思いの外、強い声が出てしまったのを途中で修正し、取り繕うように言う。彼は目線を上下に動かし何度も瞬《まばた》きをした。

「気を遣いすぎるところや、優しすぎるところ、ですかね。でもタレントさんはもっと図々《ずうずう》しくないとダメになっちゃいます」

僕は持ったままだったノートパソコンをテレビ台と一続きになったテーブルに置いた。彼に背を向けたまま椅子に座り、僕はそれを開いた。後ろの方で「すいません」と悔いる声がした。「いいっすよ」と僕は言った。

パソコンの電源をつける。そもそもここインターネット使えるんですかね、と言うと、おそらく無線LANが飛んでます、と田中さんは答えた。Webブラウザをクリックするとこのホテルのホームページになり、それから適当な検索エンジンをクリックして「白木蓮吾　告別式　動画」と打つと検索結果が多数ヒットした。一番トップにあるサイトをクリックすると動画がストリーミングされ、そしてすぐに再生された。

どうやらそれはワイドショーの一部を抜粋したもので、生前彼と交流のあったらしい俳優や女優や歌手やらが泣きながら式場の前で挨拶《あいさつ》をしていた。惜しい人を亡くした、と口を揃えて皆が言う。香凛が何も言わずに顔を押さえて会場に入って行く様子が映し出された。

それから弔辞の様子も映し出され、それを読んだうちの一人に香凛がいた。いつもの派手なメイクではなく、告別式に相応《ふさわ》しい装いをしている。

「真吾。あなたは、私がそう呼ぶ事を一度も許してくれませんでした。蓮吾と呼んでください、絶対に真吾と呼ばないでください、と。料理を作りなさい、人の音を聴きなさい、絶対に掃除はしないでください。君のクリエイティブな才能は相乗効果によってもたらされる、彼はいつもそう言っていました。あなたの美学によって、私の美学が作られています。ありがとう蓮吾……白木蓮吾のいない日本なんて」

彼女は時折涙ぐみながらそう言った。いい弔辞だった。彼女の言葉のおかげでまた白木蓮吾は白木蓮吾らしさを獲得できた。

「どうしてここに河鳥さんがいないんですかね」

知らない男が次の弔辞を読んでいる。画面の中で泣きじゃくるその男を僕はぼんやりと見続けた。

第十三章　26歳　白ワイン　赤ワイン

「私これ好きなのよ」

パーテーションで区切られた安っぽい会議室は今も健在で、低いテーブルにはほうじ茶が三つ、並んでいる。真ん中にはスナック菓子や和菓子などが統一感無く無秩序に詰め込まれた籠《かご》があって、赤城さんはそれに細長い手を伸ばした。

「それ選ぶ人って絶対酒飲みだと思う」

僕の言葉を無視して赤城さんはそのスナック菓子の封を切った。瞬く間に強調されすぎたチーズの香りが狭い空間を支配した。

「柿の種じゃないだけマシ」

「ワイン党だからでしょ、それも赤」

「白だから」

「で、ここまで、どう？」

赤城さんはカリカリと音をたてながら、無愛想に答える。

「なかなかいいんじゃない」

僕らは三ヶ月前と全く同じ場所に座っていて、依頼者であるはずの彼女は妙に偉そうだった。

「よくないって、こんなの」

僕は自分の書いた文字の羅列に目線をやり、悲観的な考えを漏らした。

「なんで。これくらいなら十分よ。私もっとつまんなくて下手だと思ってたから。あんた顔に似合わず本とか好きなんだねー」

「自分から頼んだくせにホントひでぇな。でも事実を書いただけだから。よくも悪くも俺の腕じゃない」

隣に座っている小出水さんは上機嫌で、落ち着きなく体を揺らしていた。

「まぁ、今をときめく河鳥大の書いた白木蓮吾の暴露本なんだ。売れるに決まってるだろ。なんたって遺作の映画大ヒットだしな。今年の日本アカデミー賞いっちゃいそうだもんな」

「それってすごいじゃない、故人でアカデミー賞の主演男優賞とか初なんじゃないの？」

「そうだろうな。あの怪演っぷり、今じゃ和製ヒース・レジャーだと映画評論家も大絶賛だ」

「随分とかっこいいことしてくれるわね」

確かにこの時、白木蓮吾の遺作映画はその事実もあいまって近年まれに見る集客数をたたき出している。その異様な数は、彼の死以外にも演技や脚本、演出など絶賛できる点があるということに他ならない。事実、以前僕が渋谷で見た彼の映画よりも覚悟と狂気が映っていた。

「暴露本じゃないから」

「じゃあなんて言うのこういうの」

「ノンフィクション小説。いや、ドキュメンタリーノベルか」

「いや、暴露本だろ、恋愛もあるしな」

「そもそも人が真剣に書いたものを勝手にカテゴライズしないでよ」

「めんどくせーやつだな」

この時も小出水さんは相変わらず僕に手を焼いていて、それでも僕のことをまだ可愛がってくれていた。

＊

ホテルに閉じ込められた翌日、約束通り田中さんのもとに小出水さんから電話がかかって来て、仕事の話をするから事務所に来るよう指示された。言われた通りチェックアウトはせずホテルを出て、僕らは事務所へ向かった。

仕事がしたかったわけではない。留置場に一人でいるよりも、外で目まぐるしく動く環境にいる方が孤独を感じやすかった。留置場に戻れないのなら、いっそ自分もせわしなく何かをしていないと寂しかったのだ。それでも今の僕には限度がある。

仕事の依頼は相当来ていたようで、ほとんどは白木蓮吾と僕とに関するインタビューや取材だったが、なぜかドラマや映画のオファーもいくつか混じっていた。

「皮肉な量だろ。今までオーディションでお前を落としてきたプロデューサーが平気でオファーしてきやがる」

「これ全部やったら俺、おかしくなるよ」

「全部はやらなくていい。でかいのだけ選んでいこう。ゴールデンの民放でやる白木蓮吾追悼番組とＮＨＫで組むお前のドキュメンタリー、これだけは確実にやるつもりだ」

「俺そういうの上手《うま》くやれないけど大丈夫かな。ごっちみたいに器用にできないよ
俺」

「質問されたことにただ答えてりゃいい」

そういうことでもないだろう、といちいち苦言を呈すのも面倒だった。

送られてきた企画書を無気力にぺらぺらと捲《めく》っていると「河鳥大が明かす！　自身の手で著す白木蓮吾　真実の小説」と書かれた一枚を見つけ、その下には企画者、赤城と書かれていた。

「これってあの赤城さんかな」

「そうだけど……でもこれはさすがにな、やる気がしないだろ。労力半端じゃないぞ。しかもそれが実るとも限らないしな」

儲《もう》けとか報酬とかそういうことではない。正直僕は白木蓮吾について何も語りたくはない。彼が最後まで自身の作り上げた白木蓮吾を全うしたのにもかかわらず、死後になって彼の人生を解体するというのは彼が望んでいることではないはずだ。

ドキュメンタリー番組は勝手に「白木蓮吾の悲しみ」をでっち上げて、巧《うま》く編集し、視聴者はそれで彼の苦しみを分かったように思う。いくら僕が真実を語ろうと、僕の

言葉はいいように素材として扱われる。結局意図しない形でそれらが使われるのは散々だった。

それでも視聴者や彼のファンが彼について知りたいなら、僕は語るのではなく、書くべきなのかも知れない。それが最も直接に「鈴木真吾」を伝えられる手段のような気がした。

「赤城さんと話がしてみたいんで、連絡してみてもらっていいですか」

僕がそれを言い切らないくらいで、田中さんは部屋を出ていった。

「でもやっぱさ、俺なんかが、こういけしゃあしゃあとテレビとかメディアとか、よくないだろ。こういう仕事は退《ひ》くべきじゃ」

「勘弁してくれよ、白木を手放してから俺はずっと後悔して苦しんだんだぞ。無理矢理にでも俺のそばに置いて仕事選んでおけばって……今お前がやっとこうチャンスを摑《つか》んでな、これからいかようにもなるって時に、お前を失ったら俺はどうすればいいのか」

僕に今仕事が来ているのは、僕の努力の賜物《たまもの》でもなければ事務所のおかげでもない。結局のところ、あの頃僕が拒否した白木蓮吾の仕事と同じような構図になっていて、やはり僕は彼のバーターでしかないのだ。

この機会を活《い》かすべきか、それとも断るべきか。やらないなんてないのか。

数十分して、赤城さんはやって来た。

赤城さんと会うのはそれほど久しぶりではない。まだ赤城さんはあの雑誌社に勤めていて、僕らがあの雑誌を卒業してからもいくつか仕事を振ってくれたり、自分の担当じゃない雑誌の仕事も知人を介してオファーしてくれたりと、よくしてくれていた。

「釈放されたんだからメール返しなさいよ」

全ての着信履歴とメールを消したと僕が言うと、赤城さんははっきりと呆《あき》れた顔をした。

「まぁいいわ、あなたらしいっちゃあなたらしいしね。それで、どうこれ。やってみない？」

「赤城さんはさ、俺にできると思う？」

「あんたしかできないでしょ。他に誰がやるのよ」

僕はまだ迷っていた。それは選択肢のように容易なものではなく、複雑に絡み合っていて、僕の頭の中はまだ混沌《こんとん》としていた。

「死んだ人間のことなんか知らないわ。ただあなたがまだ受け止めきれていない部分が少しでもあるなら、やるべきね。白木蓮吾の功罪をあなたが受け止めなさい」

気迫を帯びた口調が僕の背中に染みる。功罪という言葉が僕の心臓を冷たく包み込んだ。僕は彼女の依頼を承諾し、小出水さんには全てのインタビューを断るよう要求した。

「締切、二ヶ月で書いてね」

映画やドラマ等、芝居のオファーだけは引き受けていた。それらの撮影の合間に執筆時間を設けて彼と僕との時間を追憶することはそれほど難しいことではなかったはずだった。

＊

「途中までごめん」

「ここまではいいわ。あとはちゃんと締めてちょうだい。終わりよければ全てよしなんだからね。あと一ヶ月で書いて」

赤城さんは偉そうにまたそう言うと、小さいスナック菓子を一口齧《かじ》ってほうじ茶を飲んだ。

「うわ、これほうじ茶とは全然合わないわね。やっぱりワインは万能だわ」

第十四章

27歳と139日
ピンクグレープフルーツ

具体的な売上数は聞いていない。周囲の人間にはそういう類《たぐ》いを僕に決して言わないよう、しつこく頼んでいた。

それでもそれなりに反響はあっただろうと察することができたのは、出版後実際に本の映画化やドラマ化のオファーがあったからだった。しかし映像化して彼の生涯を後世に残そうとか、そんな愚直な考えは毛頭なかった。

ただ幾つかきた映画化の企画のひとつは、著者である僕自身も驚く内容だった。白木蓮吾役をぜひ僕にお願いしたい。そういった企画だった。白木蓮吾が自殺したあの日、一年後に自分が映画の主演に抜擢《ばってき》されるなんてどうすれば分かっただろう。

その上、演じる役名が白木蓮吾だなんて。

プロデューサーと演出家は、粋な計らいだろうと言わんばかりの表情を浮かべて事務所に現れ、それに共鳴するかのように小出水さんも、依頼を受けるよう僕を諭した。

「おもろなると思うんですが」

どこかで見たことのあるその太ったプロデューサーが誰なのか思い出せずにいたが、きつい関西弁でピンと来た。彼は七年前、ごっちを初めて連続ドラマのレギュラーに起用した鶴田さんだった。あの頃よりも太ったように思う。

「少し時間を下さい。来週お返事させてもらいますから」

メディアが映像化したがったのは僕が白木に関するインタビュー全てを今まで拒否したからだった。そんな僕が彼に関する本を出せば、ドラマ化や映画化をしたがるのも無理はなかった。

しかしあれから一年と少しが過ぎたこの時点で、世の中では白木蓮吾という人間がすでに風化し始めているのを体感している。次々と現れる若手俳優。ベルトコンベアーで流れてくる総菜を労働者によってパック詰めされた弁当のように、その量産は白木蓮吾を数あるうちの一人にしてしまっていた。そして空の箱はリサイクルされ、また流れてくる。それは不自然なことではなかった。

ただ僕の中にいる彼は今もしっかりと笑っていて、まだ目尻《めじり》に皺《しわ》を寄せている。あの時バーで彼は、予言するように僕にこう言った。

「有名になってもらわなきゃ困るよ」

彼は望んでいたのかもしれない。いや、こうなることが初めから分かっていたのだろうか。そしてなにより、彼の心臓を再び動かすのは僕しかいない。

やらないなんてない、のか。

翌週、僕はたくさんの条件を掲げ、それでも良ければぜひやらせてください、という旨を伝えた。彼らはすぐに了承した。

それからは何度も打ち合わせを重ね、脚本家にも容赦なく書き直しをやらせた。原作の構成の変更や演出による強調、必要であれば事実に基づく新しいエピソードを加えることにもためらいはなかったが、絶対に事実に忠実であるよう僕はしつこくスタッフたちに言った。僕は僕と彼に起きたありのままを表現するべきだった。

衣装やセットなどの美術全ても、極力僕の覚えている範囲で忠実に同一物にするよう注文した。ロケ地も同じく、出来る限り実際の場所での撮影をお願いした。それらの打ち合わせに数ヶ月間がかかった。

＊

準備期間、僕は一度ごっちの母親に連絡し、彼の自宅を訪ねた。

麻布十番の家は既に引き払われていて、彼の所有物の全ては両親が引き取ったらしく、僕は彼の両親が住む千葉の方へと足を運んだ。

海風が香る海岸沿い、塩で錆《さ》びた外壁のアパートや一軒家の並びに混じってその家はあった。近代的な白い家で、大きさといい形といい、なんだかそれは異様に目立っていた。

「お久しぶりです」

「ほんと久しぶりね、河田くん。よく来てくれたわ」

久しぶりに会った彼の母は和やかな様子だけれど、その漂白されたような髪はあまりにも虚《むな》しく光り、ただならぬ悲痛を僕に伝えた。割烹着《かっぽうぎ》を着たごっちの母はまるでお手伝いさんのようで、あまりにも庶民的なその雰囲気はとてもここの家主とは思えなかった。

「あの子がね、建ててくれたのよ」

花のモチーフで統一されたインテリアや、丁寧に飾られた食器など、内装も華やかで、それがまたどこか痛々しかった。

リビングに促されて重厚な革張りのソファーに座り、そしてお茶の用意に行った彼の母を待った。天井が高い。

「色々と申し訳ありませんでした」

ガラステーブルにソーサーとカップを置こうとする彼の母に僕はそう言った。

「いいのいいの。悪いのはあの子なんだから。自分で死んだ人が一番悪いのよ」

カップとソーサーを置く度にガラステーブルから高い音が響いた。それらが止むのを待って彼の母は、僕にそう言った。優しい目元が辛《つら》かった。

ごっちの母は僕の目の前に座ったのだけれど、やっぱりよそよそしくなってしまって、何より僕は緊張した。ごっちの母が僕をどう思っているのか、全く分からなかった。波の音だけが聞こえる中、時間が過ぎた。

「仏壇ありますか」

お茶を数杯頂いてから、僕はそう尋ねた。

案内された仏壇は隣の和室にあり、ごっちの写真の横には彼の姉の写真があった。その左右にはトロフィーがひとつずつある。ひとつはコンテンポラリーダンスの特別審査員賞のガラス製のトロフィーで、そしてもうひとつは昨年の日本アカデミー賞主演男優賞のトロフィーだった。

その横にあるごっちの写真は僕の持っているあのドキュメンタリー番組でも使われ

た文化祭の演奏後の写真で、ただあの番組で使われたものよりもぐっと近づいた写真だったので、彼の曲がったネクタイも、もちろん僕もそこには写っていなかった。ただ彼の首の後ろには、僕の肘《ひじ》まで捲《まく》られたシャツとそこから出た腕があった。

彼の姉の写真から具体的背景は読み取れないものの、まだ元気だった頃の若々しさははっきりと快活で、美しかった。どことなく、そしてやはり二人は似ていた。

「すいません、失礼します」

僕は仏壇に置いてあったデュポンを借り、火をつけたタバコをそれっぽく香炉に供えて鈴《リン》を二回鳴らし、そして手を合わした。目を閉じたものの、僕は何を思えばいいのか分からず、とりあえず「ごっちの役やるけど、いいかな」と黙って呟《つぶや》いた。

「あ、そうそう。あれ、今日供えていってくれないかしら」

そう言って違う部屋へ行き、戻ってきたときに持っていたのは僕が二十歳の誕生日にごっちにあげたシャンパンだった。

「これあなたのでしょ」

「なんで知ってるんですか」

「ごめんね。実は私ね、遺書読んじゃったのよ。あなた宛ての」

割烹着のポケットから僕の前に差し出されたものは、まさしくそれだった。

「なんでこれも。どうして隠した場所……」

「だってあなた、本に書いてたじゃない」

真顔で当然のことを聞いてしまい、僕は自分を責めた。

「あんな丁寧に隠してたら、確かに警察も見つけられないわね」

「黙っててすいません。本読んだんですか」

「もちろん読んだわよ」

「勝手に書き綴《つづ》って、すいません」

「もう、謝ってばっかり。でも私あなたの本を読んでね、あなたが嘘をついてないって分かったのよ。あなた宛ての遺書と全く同じことが本にも書かれていたからね。誠実だと思ったわよ」

タバコの煙が風で優しく僕らの方に伸びた。

「私も飼育委員の気分ね。消えちゃったメダカの飼育委員。しかも二回目のね」

僕は遺書を受けとって中身を見た。僕宛ての遺書と選ばなかった五枚の遺書と粘着力のなくなった付箋《ふせん》。確かにそこにあり、僕はひとつずつ見直した。僕が一本足した震えた線もちゃんとある。

「あ、そう。河田くん、分からないって書いてたでしょ」

「何をですか？」

「あなたが遺書に戻した『やるしかない。やらないなんてないから』という言葉」

「はい」

「あれはね、唯《ゆい》の遺書の言葉」

僕はあの日を思い出し、故意に軽く深呼吸した。

「唯ってのは真吾の姉でね、唯が人工呼吸器の管を切る前にね、遺書を書いた……書いたというよりは切って並べたっていうほうが正しいわね。色紙を切って作った文字を、体にかかった布団の上に並べて遺書を残したの。多分こうやってね」

ごっちの母は顎《あご》を引いて左手で自分の体に紙を並べる動作をした。それは十字を切るクリスチャンの動きに似ていて、なぜか僕は少しだけたじろいだ。

「それでそこにはね、『今までありがとう。うまれてきてよかった。ダンスやってよかった。そしてわたしはやるしかないの。やらないなんてないからね』ってあって……なんていうか、遺書とは呼べないほどカラフルで、きれいだったわ」

本当に器用な女性だ。

「昔からそういう子だったのよ唯は。やるかやらないかなら絶対にやるっていうそういう子。真吾はそれに影響されてたのね」

「そうなんですか。知りませんでした」

僕はすっとまた二つの写真を見た。その言葉を聞いたせいか、二人はさきほどよりもより似ているように思えた。

「じゃあ、これも供えていって」

コルクを抜く音に慣れていないのか、ごっちの母はやけに驚いた。中から炭酸の弾《はじ》ける音が聞こえると共に口の部分から少しだけ煙が溢《あふ》れた。こんなに豪勢な家にもかかわらずシャンパングラスはないようで、僕らは簡素で味気ないコップにそれを注《つ》いだ。そのコップにどれくらいの量が適切か分からなかったが、僕とごっちの分には大胆に注ぐことにした。私はお酒弱いから遠慮するわ、と拒むごっちの母にも少しだけ注ぎ、僕らは乾杯した。

その安っぽい味は僕をいたく感動させた。ごっちの母はちゃんと微量だったのにもかかわらず、すぐに顔が赤らみ、その様子は二十歳の誕生日会のごっちに似ていて懐かしかった。

「今度、映画化するんです、あの本」

「そう、嬉《うれ》しいわ。真吾は死んでからも生きる事ができて幸せね」

僕がシャンパンを飲み干してごっちの分も一口もらった頃、ごっちの母はすっかり酔ってしまって「私を抱いちゃ駄目よ河田くん」と息子の前で不埒《ふらち》な言葉を発するほどだった。「俺がごっちの父親になる日も近いな」と冗談を言ったが、それにはあまり笑えなかった。顔は笑っていたが、面白くなかった。

気付けば僕は笑いながら、泣いていた。それを見たごっちの母も泣いた。僕らはそのままずっと泣いていた。

＊

ごっちの家を訪ねてから数週間後、衣装合わせがあった。あの日の帰り、僕が「ごっちの私服や私物を撮影用として貸してもらえませんか」と彼の母に相談すると、「もちろんよ」と快諾してくれた。そのおかげで必要なものを全て借りることが出来た。ついでにと、唯さんの最後のダンスコンクールが録画されたカセットテープを貸して頂いた。

「これね、真吾が撮影したの。唯がコンクールの前に自分のビデオカメラを真吾にあげて、それでね。唯が入院してからも真吾はよくこの映像を見てたわ。私は辛くて見れなかったんだけどね。もし何かの参考になるなら見てみてちょうだい」

彼の私服を着てみるとそれらは僕の体には少し大きかったが、特別に違和感がある程でもなかった。首から下がすっかりごっちで、なんだかくすぐったい気分だった。

「河鳥くん、期待してるで」と鶴田さんは言った。

翌日は本読みだった。ひとりひとりが挨拶《あいさつ》をしていく。プロデューサーに始まり、演出家。そして僕。

「ではまず原作者兼主演、河鳥大さん、挨拶をお願いします」

三つのテーブルはコの字形に並べられていて、右側と左側には他のキャスト陣が並んでいる。コの字の欠けた一片の奥、すなわち僕の正面にはたくさんのスタッフ勢がいた。

それらの目線は今僕のいる方へ向けられている。

「白木蓮吾役の河鳥大です」

言葉にすると、もどかしさと同時にもう一方に抱えていた得体の知れない塊がすとんと腑《ふ》に落ちた。それをじっくりと感じていた時間、僕は呆然《ぼうぜん》としているように思われていたかも知れない。

何かきちんと言葉で挨拶をしようと思うのだけれど、妙な緊張感が一帯を包んでいて僕は一言しか発せなかった。

「白木より白木になろうと思っています。よろしくお願いします」

隣にいる鶴田さんは感嘆に似た声を出していた。

次の役者が挨拶をする。

「河鳥大さん役の百井《ももい》友光《ともみつ》です。本人の前で本人役をやるのはとても緊張していますが、精一杯頑張ります」

僕より三つ歳下の彼は、僕には似ても似つかなくて、どちらかと言えばごっちに似ているようだった。身長と声は僕より少し低いけれど、髪質も肌の白さも何より話し方がごっちに近いようだった。

彼はこの役が今までの最大の抜擢《ばってき》だと後の挨拶で言ったが、その役が僕だというのは不憫《ふびん》に思えて仕方ない。

「香凜役の香凜です。よろしくお願いします」

僕はどうやら彼女を勘違いしていたようだ。彼女の才能は音楽面や容姿だけではない。それに足りうる精神の強さがある。

僕は本の中で彼女をあのような人物として描いた。そんな僕のことを彼女がよく思っていなくても、それは当然のことだ。

しかし彼女は違った。僕の本を何度も読み、映画化の企画が進み始めてすぐに「協力できることがあるならぜひさせて欲しい」と自ら願いでた。もちろん僕のためではなくごっちのためだけれど、日常の彼の様子や隠しておきたいはずの事実まで、彼女は事細かに全てを僕に話してくれた。それは容易《たやす》いことではない。そしてその目には信義があった。

彼女は本当に白木蓮吾を愛していたのだ。

ごっちが彼女といたのも今なら理解できる。

求めていたかどうかは分からないが僕は彼女に「本当にすみませんでした」と謝った。

「謝らないでください。私は彼のために尽くしたいだけなんです。ただひとつお願いがあるんです。私の役は私にやらせてもらえませんか」

理由は聞かなかった。彼女がそう願うのも、僕はよく分かる。

スタッフに全てを話し、願い通り彼女は香凜の役を演じることになった。

本読みは順調だった。緻密《ちみつ》な取材はもちろん、この企画に賛同してくれたごっちの俳優仲間や友達、マネージャーの田中さん、香凜、そして石川など多くの人間が情報を提供してくれたおかげで、台本もよく出来ていた。

僕と彼が決別していた空白の五年間にいったい何があったのかも、次第に明らかになっていく。

とはいえそれらは全て、客観的事実でしかない。彼が何を考えていたか。それは僕が演じて初めて分かるのだ。

本読みを終え、二日後から撮影に入ることになった。

僕が掲げた条件のひとつには順撮り、なおかつ出来るだけ一連で撮影してくれというのがあった。彼の足跡と同形の足跡を再現し、そのひとつひとつに僕の足を完全に合わせていくことによって、ようやく彼になることができるからだ。

他の条件には、撮影期間中は普段から役名で呼ぶよう統一するというのもあった。つまり僕は白木で、百井くんは河鳥で。紛らわしくなるのを避ける目的だったが、河鳥さんと呼ばれて振り向いてしまうことは頻繁だった。

順撮りのため、撮影初日は出会いのシーンだった。ロケ地は無論、横浜のあのマンションだが、ここは子役が僕とごっちとサリーと木本を演じる。それでも僕は全てのシーンに同行した。その必要があった。

駐車場に子役たちの愛くるしい声が響いている。時間が経った今も少し外壁が削れた程度の変化しかないが、マンションが低く見えるのは僕らがあれから十五年ほど生きたことの証明だった。

どのような撮影現場にも、監督やその他のスタッフが演技やカメラアングル、音響、照明を確認するための「ベース」と呼ばれる基地を設ける。スタッフはそこにあるチェックモニターであらゆることを判断するのだが、僕もそこに混じり画面に映る自分の幼少期をずっと眺めていた。

「お前かてホンマにしょーもないわ」と僕、河田大貴の子役。

モニターに映る、幼少期の自分は明らかに太々《ふてぶて》しく、ほとほと自分の醜態には愛想が尽きた。短い髪が不規則に逆立ち、狭い額にぺらぺらの皺《しわ》を並べ、鈴木真吾を睨《にら》んでいる。それはまさしく僕だった。

「そうだね、ぼくはきみよりすこしおおきいから」と返す鈴木真吾の子役。

あの頃、彼がいつも自分の体格よりふた回りほど大きな服を着ていたのは、それらが姉のおさがりだったからだ。決して貧乏だったからではない。彼は望んで姉の服を着たがったのだ。

そして彼があまりにも無邪気だったのも、姉が独立した寂しさを紛らわすためだったようだ。彼が突然僕に話しかけたり、イチゴオレを渡したりしたのも、新しい友人を求めていたからなのかもしれない。

キャッチボールの事故で、笑う鈴木真吾と石川。そして背中を押さえ、猫背で笑う自分。かと思えばお腹を抱えて上体を反らし、そしてまた丸める。その光景を初めて自分で見て、彼らがあれほどまでに笑った理由がようやく理解できた。それは早送りした古い玩具《がんぐ》の水飲み鳥のように、せわしない断続的な運動で、文字通り滑稽《こっけい》だった。

花火。アヒル。爆発。毛虫。水鉄砲。

感情表現が下手なごっちの奇天烈《きてれつ》な行動は、痛々しいほど無垢《むく》だった。

これから流星が飛び交う夜空の真下に、鈴木真吾の寝顔がある。子役の顔はモニター越しにあの頃のごっちの顔とぴたりと重なった。それは懐かしさや思い出のように曖昧《あいまい》に美化された記憶ではなく、眼球にしっかりと彫られている画面と重なった。僕は未《いま》だにあの瞬間に引きずられている。


「本日はここで終了でーす、明日《あした》は七時集合になりまーす」

高校生のシーンから僕らはクランクインすることになっていた。ここからは僕と百井くんが鈴木と河田を演じることになる。

僕はその前夜、ごっちの母に借りた唯さんのダンスコンクールの映像を見た。あれから調べたところ、唯さんは幼少期からバレエの実力は群を抜いていて、中高生の頃は何度もコンクールで優勝していた。それらの経験を活かしコンテンポラリーダンスを始めようとしたのは偏《ひとえ》に個性を求める型破りな前衛的性格でしかない。

「わたしはやるしかないの。やらないなんてないからね」

そうして彼女は新たな分野を開拓する事に決めたそうだ。

僕はこの映像を見るためだけに中古のVHSデッキを購入した。今更不必要だが仕方ない。VHSカセットの側面には日付と「唯　コンクール」と書かれたシールが貼られていて、それはまるで焦げたように茶ばんでいた。

カセットテープをVHSアダプターにはめてデッキに挿入すると、画面からは粒子の粗い荒れた映像とノイズが流れた。劣化もあってかなり状態は悪い。なおかつピントが合わないままズームしたり、やたらと手が震えたりしているせいでよけいに気持ちが悪い。それでもなんとか堪《こら》え、僕は映像を眺めた。すぐに唯さんとその団員がステージに登場する。

司会者らしき女性が団体名の次に演目の題をアナウンスした。

「続きましてユニットYUIによる『ファレノプシス』です」

僕は驚いたままその演目を見た。言葉がなくても大体の表現の意味が分かったのはそれがぴたりとファレノプシスの詞と重なったからだ。

人間で織りなされたビル。横切る男女。女性役は白いチュチュを身に纏《まと》った唯さんだ。男性が本を読む。そして崩れるビル……。

数名があの祈りのポーズをする。すると崩れたビルが再生し、また現れた。それは先ほどのビルよりも高い。その様子はまるで植物が生長する映像の早送りのように流《りゅう》暢《ちょう》で、スムーズだ。そしてラスト、その十名程で作られたビルの頂上に唯さんは立ち、片足を上げて美しいポーズを決めた。

音楽が鳴り止む。

次の瞬間、彼女はそこからまるで花びらのように丁寧に回りながら落ちた。

「おねえちゃん」

ビデオにはごっちの声も録音されていて、その直後に悲鳴があがった。

ダンスは艶《あで》やかで、端麗だった。その魅力は素人《しろうと》の僕にも明らかで、そして何より、最後の落下は……事故というよりもまるで計算のように思えた。でなければ不自然なほどに美しかった。

僕はすっかり沈んだ。

「ラーメンじゃねぇのかよ。ごっち」

やりきれず、タバコに火をつけた。上手《うま》くいかずに何度もライターを擦り、ようやく火がついたころにコンクールの映像は終わり、僕は巻き戻しボタンを押した。

ゆっくりとタバコを吸う。画面に映るファレノプシスの踊りが逆回転し、ダンサー達はステージから去って司会者がステージに残った。再生ボタンを押したが中古のせいで反応が悪い。戻りすぎる映像に苛立《いらだ》っていると、突如画面が切り替わった。茶色い床と、二足の靴。そして次に映ったのは唯さんだった。まだまだ映像は戻っていく。これは……リハーサル風景？　この時にはもう再生ボタンは押していなかった。テープは最初まで戻り、自然に再生された。

「ボタン押したよー」

聞こえたのは幼い頃のごっちの声だ。

僕はタバコを吸いながらその映像を見続けた。

散乱していた全ての点と点がじんわりと繋《つな》がり始める。

そういうことなのか。

ごっち、鈴木真吾、白木蓮吾が一人の人物として同一線上に並んでいく。自分の中にある彼の心臓がゆっくりと鼓動を鳴らし始める。
やがて映像が終わる。そして不愉快な機械音を鳴らしつつデッキの挿入口からVHSが現れ、「唯 コンクール」と書かれたタイトルラベルが平然と僕を見据えた。タバコはすっかり短く、灰はぽろぽろと地面に落ちる。

*

新たな情報を加えるため大慌てで脚本を書き直し、僕は撮影に臨んだ。見たことのない光景。ただ確かにあっただろう光景が僕の脳に映る。僕は僕の中にゆっくりと、ごっちを生きかえらせていた。

文化祭二日目の撮影で、僕は彼の愛用していたギターを弾き、演奏した。指馴染《なじ》みが悪かったのは初めだけで、しばらくすると随分楽に弾けるようになった。三曲を弾き、そして「ファレノプシス」の順番がきた。

僕がイントロを弾くと、彼の不安定にざらついた歌声が途中から入り交じる。僕は彼の背中を斜め右後ろから見た。決して上手くはなく誤魔化してばかりでそれっぽい雰囲気に頼りがちな所はあったけれど、僕は彼の歌声とその背中が好きだった。僕にはそんな風に歌えない。スタンドマイクを少し低い高さに設置し、背中を丸めて歌うのがりばちゃんの癖だった。

枯れていくようなコンクリート
あぁ　やっぱり花かもな

「ボタン押したよー」

あの秋の日、僕は姉と団員が練習するスタジオにいた。コンクールまでいよいよ大詰めといった頃で、「出来上がったダンスを通して踊るから、撮影するの手伝ってちょうだい」と姉に頼まれていたのだ。

「これ私のカメラだから大事に扱ってね」

皆の準備ができた時点で、僕は姉に渡されたビデオカメラの録画ボタンを押した。

音楽が鳴り、一斉に姉と団員達が美しく舞い踊る。

そのパフォーマンスを僕は必死で撮った。

高い位置で括《くく》られた髪はあおられ、リハーサル用の黒いパーカーと黒いスウェットはしなやかな動きに振り乱される。それはとても魅惑的で、僕にカラスアゲハを思わせた。

姉が高い位置で片足をあげるのと同時に、音楽も止まった。

団員は丁寧に姉を下ろし、そして口々に「なんとか出来たねー」などと会話をしながら安堵《あんど》の表情を浮かべた。

「じゃあ、十五分休憩ね。それからこの映像見返して、確認していくわよ」

姉はそう言いながら、カメラを持つ僕の方へやってきた。

「どうだった?」

「ゆいさん、とてもかっこよかったです」

僕は姉の方にカメラを向け、ふざけてインタビュアーのような口調で話した。

「タイトルはいったいなんていうんですか?」

姉は微笑んで、垂れ目をさらに垂らしながら敬語で言い返した。

「『ファレノプシス』です」

「ほほう、それはどういういみなんですか?」

「はい、胡蝶蘭《こちょうらん》の学名です」

「なるほど、だからあのようなえんぎになったわけですね」

姉は表情を変え、反対に僕に質問をした。

「え？　真吾どんな内容か分かったの？」

「ぜんぜんわかんない」

姉は軽く呆《あき》れて、それから細かく物語を教えてくれた。断片的な物語でほとんど理解できなかったけれど、いくらかは合点がいった。そしてなにより姉への尊敬と憧《あこが》れがより一層強くなった。

「蘭はね、とても繊細で扱うのが難しいの。まるで人間みたいにね」

姉があまりにも真剣に語るせいで、僕はいつしかカメラを床に置いてしまった。

「でも実はね、今ので終わりじゃないの。最後に誰もが驚く事をするつもり。それは団員も知らないわ。だから本番中にトイレとか行っちゃダメよ」

「うん」

あまりの威圧感になにも言えなかった。

「真吾、やれることの全てをなるべくやりなさい。やりたいことじゃないよ、やれること。私は今回それをする」

そして姉は最後に一言付け加えた。

「あとで祈りのポーズ、教えてあげるわね」

カメラは二人の足下を録画したまま、傍観者として床に転がっていた。

コンクール当日。僕はまたもこのビデオカメラで姉たちを撮っていた。

ステージで踊る姉はいつも美しかったが、この日は特別だった。それは姉の思惑通り、圧巻の連続だった。そして最後。姉は美しく片足を頭上まであげ、それを両手でつかんだ。まるで水面から羽ばたく白鳥のようなポーズを決めたとたんに、どっと拍手が鳴った。

姉がポーズを決めた位置はリハーサルより高かった。

——これはたしかにおどろくや。

次の瞬間、そのまま姉は綺麗《きれい》に不規則に回転しながら落ちた。

——これもえんぎ？ すごいね、おねえちゃん。

いや、そうではなかった。姉は失敗した。磁石に集まる砂鉄のごとく、団員や審査員、コンクールスタッフが一斉に一ヶ所に固まった。

「おねえちゃん」

横で父は絶句し、母は声にならないほどかすれた悲鳴をあげていた。そしてそのまま姉は担架で救急車へと運ばれていった。そこに同席してもなお、僕はまだ分からなかった。姉の計算がどこまでだったのか。

コンクールでは、姉の事故を十分踏まえた上で、特別審査員賞を受賞した。「落ちなければ優勝でした」とあまりに心配りのない言葉を審査員らは漏らしてはいたが、それももしかしたら姉の本意だったのかもしれない。事実、その後このコンクールでは姉へ捧《ささ》げる特別賞としてYUI賞というのが設けられるようになった。

そして四年後、姉は人工呼吸器の管を自ら切った。

りばちゃんから「文化祭のために一緒に曲を作ろう」と誘われた。歌詞の内容をすぐに「ファレノプシス」と決める事ができたのは、姉へのレクイエムのつもりだった。僕は姉のコンクールの映像を何度も見返していたから、難しいことはない。

そしてそれとは別に、姉が魅了されたステージという場所についても考えていた。その場所に僕も立つことになるのであれば、姉の一連の行動も理解できるかもしれない、そう思った。それにはやっぱり、ファレノプシスがふさわしかった。

それを歌うにふさわしいのは僕ではない。いつも僕の隣にいた彼に歌ってほしい。りばちゃんは姉やサリーに対する空洞をいつも埋めてくれていた大切な人間だ。僕は彼の声でこの歌を聞きたい。でも歌詞について本当のことを言えば、りばちゃんは歌うことを断るだろうな。なにか、嘘を考えないと。

そもそも、僕自身に人前で歌うような器量もない。

彼の声の特徴が際立つよう、僕は姉の作ったファレノプシスのストーリーにサ行と濁点をなるべく多用するよう心がけた。

ファレノプシスを演奏した瞬間、はっきりと感じた。姉のこだわった、この場所、この感覚。

彼の歌声が会場に反響する。指はいつもより軽快に弦を飛び跳ね、滑った。

レクイエムとしての価値は分からないが、このステージでの演奏とそこから見える景色は少ない観客にもかかわらず素晴らしく、そして凜《りん》として煌《きら》めいていた。

その実体を摑《つか》もうとした頃には、僕らの演奏は終わっていた。


「休憩入りまーす、白木さん、お水です」

ADは撮影シーンが切れる度に僕に水を持ってくる。

ごっち。ようやく分かってきたよ。

いや、でもこれは……俺のただの妄想……？

「ありがとうございます」

僕は赤いキャップをかぶった同世代らしいADに礼を言った。

「いいえ。じゃあ続きいきますね」

あの文化祭から僕は漠然と、六年半前に姉が志した表現者というものをより理解したいと思っていた。

そして姉の遺書。

そしてわたしはやるしかないの。やらないなんてないからね。

僕はこの遺書の意味の全てを理解できずにいた。ただそれでも……いや、だからこそ姉の方針を試してみたくなった。

そんな時のスカウトだった。正直、表現できる場なら何だってよかった。りばちゃんには言えなかったけれど、僕の心持ちは随分と変化していて、とにかく姉に近づける行動を僕はしたかった。そしてそれは、思いのほか上手《うま》くいった。

モデルの仕事の報酬は決して対価とは言えず、むしろあの日僕は大層な贈り物を頂いたようだった。

ロケバスの中からりばちゃんと話す彼女が見えた。風がぶつかり何度も髪が顔にまとわりついたせいではっきりと彼女の顔は見えなかったけれど、でもそれはサリーだった。首の前側にある大きなほくろがそれを裏付けていた。

再会したとき、僕らを除いて世界は一時停止をしたようだった。彼女は間違いなくサリーだった。冷凍睡眠《コールドスリープ》させていた脳の一部が、自動的に瞬間解凍されるのが体温で分かった。

あの日の公園での会話は恥ずかしかったけれど、僕は彼女に伝えなければと思っていたんだ。冷凍されていたおかげでそれはまだ新鮮だった。

「どう、私の色。わるくない？」

「もちろん、あのころと変わってないよ」

「もう消えないよね」

「うん。消えない」

「ずっと、隣にいてください」

「ふふ。文字通りスタンド・バイ・ミーね」

「スタンドバイミー」

「こちらこそ、よろしくお願いします。もうバイはひとつで十分だからね」

点火祭にりばちゃんはいなかった。それでもツリーは燦々《さんさん》と光り、聖夜を賛美する歌は冷たい空気にたゆたう。火の灯《とも》ったキャンドルはそっと揺れていた。それはまさしく素敵なことだった。僕ははっきりと、彼女を愛していた。

僕の横には愛《いと》しいりばちゃんがいて、愛するサリーがいた。

「白木さん、このまま続けて大丈夫ですか。疲れてるなら、また休憩挟みますけど」

「大丈夫です」

白木と呼ばれることにも抵抗がなくなっていた。それは錯覚ではない。白木と僕は絶対に別の人間だ。ただ、白木という人格を徐々に吸収しているという感覚は多少なりともあるかもしれない。

やらないなんてない。そして僕はアドリブをした。

それがまた僕を芸能界という世界で大きく躍進させた。こんなにも上手くいくのかというほどに、それらは全て順調だった。

鶴田さんがプロデューサーだった女子小学生の高校教師のドラマは周囲からも好感触で、共演者も番組のスタッフも僕を可愛がってくれた。

そこは楽しかった。気持ちがよかった。やりがいもあった。夢とか希望みたいなものがそこら中に散らばっていた。

姉ちゃん。こういうことだったのかな。

「何かしたいことあるか。できる範囲なら、やってやるぞ」

ドラマの脚本家も僕のことを評価してくれていて、僕にそう聞いてくれた。

「河鳥大にセリフあげてください、彼と共演してみたいです」

りぼちゃんにも体験させたかった。二人で一緒にこの道を歩こう。

「考えとくよ」

出来上がった七話の台本には僕らのシーンがちゃんとあった。僕は本当に嬉《うれ》しくて彼の部屋を訪ねると、彼はまだそこまで読んでいなくて、僕は彼が喜ぶ瞬間を目の前で見ることができた。それから一緒にセリフ合わせをした。最高だった。この世の全ての喜びはこれだった。

これをきっかけに彼も評価を得るはずだ。二人で肩を組んで、共に芸能界で生きよう。

僕は安直にそう思っていた。しかし現実は違った。鶴田さんも脚本家も、その後彼を起用する事はなかった。

それなのになぜか僕には次々に仕事が舞い込んだ。ドラマ、映画。続々とオファーが来る。そのうちにCMも。初めてのCM撮影はピンクグレープフルーツの飲料水でイギリスでの撮影だった。それも売り上げが伸びた。社会的評価は僕をもてはやした。しかし振り返れば僕の足跡は風に削られ、もうすでに引き返せないところに僕はいる。誰もが華やかと形容する芸能界は、思っていた以上だった。

テレビ局では憧《あこが》れていた芸能人と何度もすれ違い、道ですれ違う人々は僕を煽《おだ》てあげる。好きだったバンドのライブに行けば特別優先席に座り、楽屋に行って挨拶《あいさつ》をすれば反対に応援してますと言われる。高価な洋服も半値で買え、時には貰《もら》えた。重要な打ち合わせは豪華な料亭か、寿司《すし》か、焼き肉か、中華か……。

移動はマネージャーの車による送迎。新幹線はグリーン。飛行機はビジネス。

いくら中学生から渋谷に通っていても、中身は所詮《しょせん》田舎者だった。否応《いやおう》無しに僕は魅了され、そのめまぐるしさは走馬灯なんかとは比べ物にならない。なにより、芝居によってあらゆることが体験できるというのは幸せだった。完全に虜《とりこ》だった。

僕はこの世界に塗《まみ》れ始め、価値観は大きく変わっていった。それ以外の景色が霞《かす》んでみえる。

家に帰って掃除や皿洗いを平気でしているりぼちゃんを直視できなかった。家事が嫌なのではない。ただ、彼はもっと輝くべき人間だと思うんだ。

僕の前にはいつもりばちゃんがいた。いつも僕の手を引っ張っては、先にある茨《いばら》のつるを素手で避《よ》け、僕を守ってくれた。彼は僕のヒーローだった。

そんな彼が今では僕より何キロメートルも後ろで止まっているように見えてしまう。いや、もはや見えない程に。いたたまれない。僕の好きな彼の歌う背中を見る事ができない。誕生日会はもちろん嬉しかった。でも、君はそんなことしなくていいんだよ。

僕はもう止まれない。僕を追い越すほどに彼に走ってもらうしかなかった。お願いだ。もっと必死になってくれ。そして僕と同じこの景色を早くりばちゃんにも見てもらいたいと願う。続々と決まる僕の仕事に、できる限りりばちゃんを出すよう小出水さんに交渉していた。

しかし彼はそれを拒んだ。どうして。

僕は彼を少し恨んだ。彼と共演する為に、仕事を与えているのに断るなんて正直許せなかった。また、部屋でセリフ合わせをしようよ。それとも僕といるのが嫌になったのだろうか。

断るのなら仕方ない。あのような強引な手段にでたのも、いよいよ限界だったからだ。もちろんそれに加勢するのは芸能界による中毒作用でもある。

彼の反応は二つにひとつしかない。受け入れるか。断るか。

僕がリビングに入るとりばちゃんはすでにいて、やはり僕の書き置きを読んだらしかった。

鬼気迫る顔からいい予感は汲《く》み取れない。

「荷造りやってる？」

僕が口火を切るしかなかったのは、この異様な間を埋めるためだった。

「さっき帰ってきた」

久しぶりにじっくりと見た彼の顔は鋭い憂いを帯びていた。新居を勝手に決めたことに怒るのは予想できたが、彼も新居を探していたのは誤算だった。

それでも僕の新居に彼は来る。外観も内観も高級ホテルと見間違えるほどのマンション。充実した設備。なによりりばちゃんは一銭も出さなくていい。彼にデメリットはないだろう。

しかしなぜか彼の顔はより怪訝《けげん》になっていく。唐突で強引な提案なのは僕も分かっている。疑心暗鬼になるのは仕方ないのかもしれない。

「事務所が二十万出してくれて、残りは俺が出すから、りばちゃんはなんにも出さなくていいんだよ」

「ケヴィンカンパニー」

まだ何も話していないにもかかわらず、僕が移籍する事務所の名をなぜか彼は呟《つぶや》いた。これには虚をつかれたけれど、きっと小出水さんが言ってしまったのだろう。

順序は狂うが、仕方なく僕は事務所を移籍する経緯、そしてその原因を彼にぶつける。自分らしくもなく攻撃的に。

「りばちゃん、何回も断ったでしょ仕事」

僕は彼にもっとこの世界で頑張ってほしかった。職場は家じゃない。芸能界だ。僕を存分に利用してでも僕の隣に並んでくれるのを待っていた。

しかし、彼はそれを拒んだ。

「断るんなら同じ事務所にいる必要ないよ」

契約期間満了を前に移籍の話を僕にしたのは小出水さんだった。彼は直接的な言い回しを避けてはいたけれど、ようするに僕が移籍すると諸々《もろもろ》都合がいい。そういうことだった。概《おおむ》ね経済的な理由だろうが、それは僕にとっても悪い話ではなかった。

移籍先の事務所の待遇もえらくよく、引っ越すのにもいいタイミングだった。しかし二人の新居は僕にとっても安くはない。それでも家賃の高いデザイナーズマンションにしたのは、僕の実績とそれに伴う給料を彼に悟らせ、焦燥感を煽《あお》る目的だった。

なおかつ家賃は僕が全額負担し、バイトは辞めさせて彼には仕事に集中してもらう。大学は二の次だ。そうすれば君もきっと……。

「違うって。俺は自分の力で」

「自分の力で今何してんの。家事と大学とバイトと時々教材ビデオ。俺みてらんないよ、りばちゃん」

言葉遣いはよりシンプルになる。僕も彼も興奮していたのは間違いない。

「石川は知ってるのかよ、全部」

知らない。

「知ってる」

誰にも言っていない。これは二人の問題だ。君に先に言わずに誰に言う。しかし、僕の嘘による挑発は不発に終わった。

彼が戸を強く閉める音が僕の背中に響き、壁にかかった二つの似顔絵が左右に揺れた。初めは平行に揺れていたが、徐々に不規則になり、数回縁をぶつけ合った。

……はぁ……はぁ……はぁ……

「白木さん？」

内臓が個々に不都合をなすり付け合い、自由を主張する。過度な呼吸は不調和で、それらが僕の頭を握り横暴にスイングしたせいで、僕は床へへたばった。

「すいませーん。今日はここまでにしまーす」

僕に内在する二色は混ざらずに分離したままそれぞれを汚し合い、それら自身を擁護する。それでも僕は強制的に混ぜることでしか、次の新たな記憶を留保する方法を持っていない。

「まだ大丈夫です、今日はもうすこし先まで……お願いします」

りばちゃんを追いかけなかったことで、僕がどれほど彼を見下していたのかを理解した。彼をコントロールし、奮起させようなどという傲慢《ごうまん》な考えそのものが、彼に対する侮蔑《ぶべつ》と嘲笑《ちょうしょう》だったと知ってしまった。それに気付き、僕は彼を引き止めることも連絡を取ることも、ましてや会うことも、いっさいがっさい放棄することにした。彼を置き去りにし、初めからいなかったかのように。

世界はときどき一時停止をしてくれる。

でも芸能界は違う。再生か、停止か、それしかない。

だからやるしかない。そうだろう、姉ちゃん。

数日後、「笑っていいとも！」の生放送を終えて僕はあの部屋の様子を見に行く事にした。自分自身の分は全て終わっていたが、引っ越しの期限はかなり迫っていて、もしまだ彼の荷物があるのなら彼の実家へでも送る必要があった。しかしそんな心配をよそに、リビングのテーブルには彼の書き置きがあった。

「僕の部屋に残っているものは明日《あした》業者に頼んで運んでもらいます　それ以外は全部いらないので新居に持って行ってください　いらないものは処分お願いします」

僕はその紙をくしゃくしゃに丸めたが、やり場もなくポケットに入れた。

彼への小さな当てつけのつもりで、りばちゃんがくれたシャンパンを置いていったのだけれど、彼はやはり僕に突き返した。僕はシャンパンの首を持ったまま絵のないストンとした壁を見つめ、目頭に溜《た》まる水分の蒸発を待った。

これが乾けば、僕は彼を忘れられる。

親友を犠牲にし、この芸能の世界で僕はさらに躍進することを決意する。

映画、ドラマ、映画、ドラマ、主演、主演、ＣＭ、ＣＭ、ＣＭ。

予算規模の大きいものから仕事を受ける僕の姿勢に会社は大いに喜び、双方の利が合致したおかげで僕は標準の三倍速で確固たる花形の地位を積み上げた。その証拠に、あのドキュメンタリー番組も僕に密着し、あの雑誌も僕にヌード写真の撮影を依頼した。

余計な思考を使わず私的な時間いっさいを排除する。サリーとの二人の時間もほとんどなくなり、そんなふうに仕事に依存する僕を彼女はいつも懸念していた。

「ごっち、ワーカホリックもいいとこよ」

彼女がやたらとこの言葉を使いたがるのはほとほと煩わしかった。

僕がりばちゃんを最後に見てから二年と数ヶ月経ったこの日になっても彼女は僕とりばちゃんの仲を取り繕おうと躍起になっていた。しかし僕は分かっていた。僕と彼はもう完全に無関係の人間で、互いに支配、干渉することを求めていない。

何度も言うが、僕は止まれないのだ。速すぎる急流に逆らうカヌーのように、手を休めれば谷底に落ちてしまう。りばちゃんがここに来ない限り、僕は彼と接触することができない。それが芸能界に支払った代償なのだ。そして彼にもその気がないことは、彼女の狙いが上手《うま》くいっていないことからも明らかだった。

しかし彼女はやめようとはせず、むしろ僕の仕事を阻んだ。

「死んじゃうわよ、ワーカホリックは病気な……」

「うるさいよ。じゃあ君はウォーリアホリックだろ。心配中毒だよ。なんでもかんでも中毒とか病気とか。知ってる？　人間の九十九パーセントは病気なんだって。病名つけりゃ何だって病気になんだよ」

「そう」

僕はこれから始まる時代劇の資料として読んでいた本をテーブルに置いた。

「この時間も無駄だよ。撮影日は決まってる。役作りにかける時間は自分で作らなきゃならないんだよ。この時間に何行読める？　どれだけのアイデアが思いつく？　頼むから、邪魔はしないでくれないか」

そう言って僕が本に手を伸ばすと、彼女はそれを奪い、テーブルにあった僕のデュポンで火をつけた。

「なにしてんの」

「あんたの時間を私の時間に変えてるの。これも無駄でしょ」

そう言って彼女は燃えている本を僕の似顔絵に投げつけた。咄嗟《とっさ》に落ちた本に飲んでいた水をかけると火は消えたが、本はくたくたにしなびて角は焼けて丸くなり、焦げで黒く縁取られていた。

「僕といるべきなのは君じゃない」

「私といるべきもあなたじゃない」

彼女はソファーに置いていたカバンを摑《つか》み、「アスホール」と言いながら全てのドアを開けて最後に玄関のドアを閉めた。

僕の似顔絵は表面に灰を付着させたまま、ひとつ静かに揺れている。

あの時と同じだ。僕は何も変わらない。彼女を追いかけることもない。かえって仕事に集中できた。

CDデビュー。容易《たやす》いことだった。僕の書いた歌詞は最終的にほぼ原形をとどめていなかったが、プロデューサーはしきりに「売れるものにはある程度法則があるんだ」と僕に言っていたので僕は歌詞も何も委《ゆだ》ねることにした。事実、三十万枚という売り上げを叩《たた》きだしたんだから、あのプロデューサーには才能があるんだろう。

香凜と会ったのはその頃だ。新曲を披露した歌番組の生放送終了後一人で麻布十番のバーで酒を飲んでいると、彼女が友人を連れて入ってきた。今日共演したばかりで僕らは互いに驚き、その偶然を祝して乾杯した。

彼女はイメージと違い、腰が低く品があった。派手だけれど、きれいな顔だった。そして知性もあった。近所ということもあって頻繁に会うようになり、意気投合して……それからは早かった。サリーより楽だったのは、僕が白木蓮吾のままでいられたことだった。冷静に白木蓮吾を装っていられた。そしてそのことに彼女も違和感を得たりしなかった。セックスも同じだ。カッコつけたセックスほど楽なものはない。なおかつ彼女とのスキャンダルは、僕の商品価値をより高級なものへと昇華してくれるだろう。もちろん好意もいくらかある。

業務的に、機械的に仕事と生活の激務をただこなす。どちらも猛烈な流動の真ん中で安定していた。


「はい、カットー。本日ここまでです、おつかれさまでしたー」

僕の中で蘇《よみがえ》るごっちはしっかりと呼吸をしていて、代わりに僕自身には酸素が行き渡っていないようだ。ここ一週間で突然肉は落ち、髪はだらしなく無統制になっていた。彼の二十年余りを一ヶ月で辿《たど》っているのだから、それも無理はない。目尻《めじり》には皺《しわ》が寄っている。

これはただの映画だ。娯楽だ。商業だ。

そう言い聞かせても、彼を追いかけている僕の足は止まろうとしない。


「今日もよろしくお願いしまーす」


新しく始まった映画の撮影の帰り際、車内で僕がマネージャーから事務所に届いた二通のハガキを受けとったのは二十五になった年の秋だった。月に百数十枚とくるファンレターの中からマネージャーがこれを抜き取ってきたのは、彼が僕の半生を多少なりとも知っているからだった。

ひとつは高校の同窓会だった。二ヶ月後に渋谷の居酒屋で開かれるらしい。りぼちゃんは来るのだろうか。どちらにせよ、僕はきっと行けない。行かない方がいい。

もうひとつの宛名を読むとハガキはサリーからだった。雑に裏返すと、僕は字を中々認識することができない。読めるのだけれど、まるで象形文字でも見ているかのように、僕はひとつずつその記号を理解していく。

「結婚します。これからもお仕事頑張ってください」

筆ペンで書かれたそれらの字は人が書いたと思えないほどに無表情で、嫌みや皮肉すらも込められていなかった。横に描かれた水墨画風の木蓮《もくれん》の花すら無慈悲にかすれていた。

どうした。気にすることはないだろう。僕には香凜がい――

「すいません、田中さん、ちょっと……車、止めてもらえますか」

止まった車から僕は飛び出すと、ガードレールに左肩をぶつけてしまい、その拍子に嘔吐《おうと》した。胃液と汚物が熱をもって食道をこすり焼けつく。服が僕を締め付けているせいで呼吸が出来ない。耳元で鳴る鐘声が頭部から全身へと激痛を送り込み、僕は自分から排出された膿《うみ》の中に倒れてしまった。酸の臭いが攻撃的に鼻孔を突く。視界はえぐれ、混沌《こんとん》とし、やがて消失していった。

「白木さん？」

目を覚ますと目の前にあったのは見慣れた天井だった。

僕はベッドにいて、彼はその横でリビングから持ってきた椅子に座っていた。

「誰にも言ってないから大丈夫です」

僕が何も言っていないにもかかわらず、彼はそう言った。でもそれは僕が求めていた言葉と同じだった。

「ありがとうございます」

「休み、作っておきます」

「いや、大丈夫です。ちょっと疲れてただけですから」

足をベッドの横に下ろし腰を上げると激しい立ちくらみがして、僕はベッドに背中から落ちた。

「今やってる撮影が終わったら、休んでください。仕事は入れませんから」

彼は椅子から降りて僕と目線の高さを合わせた。

「病院には行きますか？」

僕はゆっくりと首を横に振ると、そのまま目を閉じた。

「勝手にお邪魔してすみませんでした。明日《あした》は朝六時に迎えになりますので」

そう言うと彼は玄関へと歩いていったようだった。

「ありがとうございました」

僕がか細くそう言った瞬間に足音は止まったが、しばらくしてまた聞こえ、そしてドアが気怠《けだる》そうに閉まる音が聞こえた。

そのまま今までのことを振り返った。サリーとの幼い記憶。大好きだった姉ちゃん。

スタンド・バイ・ミー。毛虫を握った僕を必死で心配してくれたりばちゃん。流星群。文化祭。デュポン。ビートルズ。美竹公園。サリーがくれた似顔絵。サリーとのキス。ルームシェア。りばちゃんといた日々。姉ちゃんのファレノプシス。そして僕が書いたファレノプシス——

僕が切り捨てたもう戻らない時間。握り潰《つぶ》した楽しかった記憶。たった一枚のハガキで全てを鮮やかに思い出してしまった。

苦しい。

僕は自身で完璧《かんぺき》に作り上げた白木蓮吾を脱いでみたところを想像してみた。じりじりと背中のファスナーを外すと、そこにはまだ微《かす》かに鈴木真吾がいるはずだった。でも実際は違う。そこには肉も骨もない。ただただ無色だった。鈴木真吾は白木蓮吾に完全に飲み込まれていた。僕の生きてきた幼少期も思春期ももう溶けていて、張りぼてとそれらしい装飾だけが薄くぱたぱたと佇《たたず》んでいた。僕はそれを確認し、白木蓮吾のファスナーを再び静かに閉めた。

僕がいるのは芸能界だ。

それで十分だろう？　僕は自分に言い聞かせる。

翌日の映画のロケ現場は町田《まちだ》の公園だった。

僕は思いの全てをリセットし、また改めてこの世界で生きていくことに決めた。

この日の撮影はヒロインの女優さんとのシーンで朝から夜まで一日中そこでの撮影だった。

夕暮れ、部活で挫折《ざせつ》した彼女をなにげなく励ます場面。僕は台本通りセリフを言った。

「限界ってのは誰にだって何処《どこ》にだってあるさ。そうじゃなけりゃ永遠と世界新記録が更新されて最後には百メートル走は0秒とかになっちゃうだろう？　ダイエットして0キロとかさ。いいんだよ、限界ってのは何処にだってあるんだから。受け入れるかどうか、だけな……」

僕のセリフを聞いている女優の髪が不意に風にさらわれた時、一瞬彼女がサリーに見えた。

「はいカットー。蓮吾さん、どうしました？」

「あ、すいません」

こんなドラマみたいなこと、ホントにあるのか。

「よろしく、お願いします」

僕は同じセリフをまた言った。なんとか最後まで言い切ったが、監督がNGと判断した。監督は僕に近づいてくる。

「蓮吾、どうした？　いつもと違うぞ。何かあったのか」

「いえ、なんでもありませ……」

今度は監督の顔が捩《ねじ》れて歪《ゆが》み、そしてりばちゃんの顔になる。それはいつも僕を心配するときの、優しいりばちゃんの表情だった。

「大丈夫です……っ」

僕は咳《せ》き込み、軽く呼吸困難になったが気付かれないうちに誤魔化した。視野を開き、大きく呼吸しながら公園を見回すと、そこが美竹公園の記憶とぴたりと重なる。気分は酷《ひど》くなって僕はその場に座って頭を落とし、少し休んだ。

その後なんとか撮影に戻ったものの、やはり数回のNGを連続して出してしまい、結局そこでこの日は撮影中止となった。プロデューサーと監督の配慮で、今日明日は休む事になった。病院に行く事を勧められたが、断った。僕は全員に謝ってから、そのまま家に帰った。

ドアには鍵《かぎ》がかかっておらず、玄関には女性の靴があった。リビングに入るとあの懐かしいカレーの匂いがする。

「遅かったね。今日はカレーにし……ど、どうしたの？」

僕は台所にいた香凜を強く抱きしめていた。彼女の甘い髪とカレーの匂いが僕の感情をよりかき乱した。きつくきつく彼女を抱きしめ、そしてキスをした。彼女は戸惑ったが自然と僕に身を委《ゆだ》ねた。彼女の柔らかな首元の肌にわがままにキスをし、乱暴に胸を触った。

「ちょっと、れんごっ……」

首もとから胸へと愛撫《あいぶ》し、僕は彼女を押し倒した。この時になって僕は今日初めて彼女の顔を正視した。彼女の顔は香凜のままで、不安げに僕を見つめていた。

「れんご？」

むしろ変わってくれればいいのに。そう思うが、そこにいるのはいつまでも日本の歌姫だった。溢《あふ》れる涙が止まることはないがそれでもなんとか僕は冷静になり、彼女に微笑んだ。

「ごめんな」

僕は白木蓮吾として、彼女に再びキスをした。

「少し休むね」

僕はシャツの袖口《そでぐち》で濡《ぬ》れた目もとを擦《こす》りながら、寝室へと歩いた。

服を全て脱ぎしばらく横になって寝ているとドアが開いた音が聞こえる。気付かないふりをしていると、ベッドは揺れ、そしてシーツに潜り込んだ彼女の乳房が僕の背中にあたった。それから唇が僕の体をなぞる。

僕は寝返り、天井を向いた。彼女が黙って絡みつくなか、僕はまた昨日と変わりない天井を見た。

ふと姉のことが分かったような気がした。

ステージという世界の魔法。幻想。姉の落下が故意でなくとも、それは表現として成功した。踊れなくなってもなお生きようとは思わない。生きているから踊るのではなく、踊るから生きていけるのだと。そうして姉は管を切った。

姉ちゃん。そういうことだったんだね。俺もその時かも知れない。僕も姉ちゃんのように美しく舞い落ちようと思う。そして呼吸を諦《あきら》める。今なら姉ちゃんのように綺《き》麗《れい》に死ねるだろう。そしてちょうどいいほどに僕は絶望している。

もう死なないなんてないのだ。

香凜が僕を慰めるように愛撫する間、僕はそう決意した。暗い室内に粘着した音だけが響く。

それからの三週間、僕は必死に役を演じた。それが伝わるかどうかはともかく、今までの全てをこの作品に残すべく演技をし、それに対してスタッフはあの一日が嘘のようだと驚き、絶賛した。それがお世辞であろうと、実際に僕自身、これが遺作としてふさわしいものになったと感じている。

クランクアップを迎え、僕は田中さんとの約束通り、二ヶ月間休む事になった。しかしこの時にはすでに、僕はこぎ続けたカヌーのオールを投げ捨てていた。

「いよいよ大詰めやな。白木ちゃん、最後まで気抜かんで頑張ってや」

「はい」

高校生だった当時は気兼ねなく話していた友人や同窓生らが、今は手を叩《たた》いて僕を同窓会に迎え入れる。それはつまり、ここにも鈴木真吾はいないということを表している。おそらく最後になる拍手を聞きながら奥の方を探すと、りばちゃんはいた。よかった。彼だけは拍手をしていなくて、それどころか僕を見ることなくビールを飲んでいて、安心した。彼がまだなんとか芸能界にいることは調べればすぐに分かった。幹事らしき同窓生が誘導した席はりばちゃんの隣で、さすがに急だったために僕はいささかためらったけれど、結局そこに座った。

「久しぶり」

「久しぶり」

彼はほとんど変わっていなかった。強いて言えば頬骨が前より際立ったことと、タバコを吸うようになっていたことだった。

五年ぶりの会話が早々にスムーズにいくわけがなく、互いにその挨拶《あいさつ》だけ交わすとやはり気持ちの悪い時間が始まり、耐えきれなくなったのか彼はトイレに行った。それを見計らったのか、さして高校時代に仲が良かった訳でもない同級生らが僕に写真を撮ってくれと馴《な》れ馴れしく懇願した。こうなることは覚悟できた。もちろん憂鬱《ゆううつ》だけれど、僕はそれら全てを快く了承した。

りばちゃんが僕を避けるのは仕方がないことだったけれど、それでも僕はどうにか彼に話しかけなければならなかった。彼の電話番号が変わっていないことを確認し、僕はタクシーに乗った。僕の電話番号は変わっているけれど、僕の電話はまだ彼の電話番号を記録していた。

「あのー……このあとって時間ありますか」

「ありますよ」

「じゃあ飲みませんか」

「あ、はい」


バーで彼に会えたとき、僕はほんの少しだけ生き返ることができた。エビの卵か。僕は彼のそういうところが好きだったんだっけな。楽しかった。最後に童心に戻ることができた。

鈴木真吾は僕の中にもいない。彼の中にだけいる。

僕は話せる限り、全てを彼に伝えた。

能動的に、時に受動的に。そしてオニアンコウの話。

「りぼちゃん、明日《あした》の夜空いてる？」

「いつだって空いてるよ」

「じゃあ明日の夜も飲みに行こうよ」

「もちろんだよ」

会計の時、つい癖で領収書をお願いしてしまったが、それがもう不必要だったことに気付いた頃には、全てが終わっていた。

店を出ると、僕は思いのほか酔っていて、しかしそれ以上に彼も酔っていた。彼の肩を組み、僕らは蛇行しながら商店街を歩いた。酔いのせいか彼が横にいるせいか、何度もセンター街と錯覚しそうになる。彼はしきりに「ごめん、ごめん」と重たそうな頭をもたげ、僕に謝った。

やめてくれよ。そんなことを言うと酔いが覚めてしまう。躊躇《ちゅうちょ》したくないんだ。僕はもう、決めている。

「ごめんね」

リビングに入ると彼はそのままごろんとソファーに寝転んだ。彼の上にアーガイル柄のブランケットを掛け、僕もその下に敷かれたラグに寝転んだ。天井には獅子座《しし ざ》流星群が一面に流れている。

「りばちゃん、流星群見える？」

「見えるよ」

「やっと見れた」

「うん。やっと同じ星、一緒に見れたな」

目を瞑《つぶ》りながら、彼はそう答えた。僕もまた目を瞑ると、星の光はまぶたの裏からも透けて見える。いびきの響く室内で、僕はひとつひとつ流れる星を数えていた。

「本日撮影終了日でーす。気合い入れて行きましょー」

翌朝過ぎ彼はまだ寝ていて、僕は書き置きを残した。そして身支度をする。家を出ようとしたけれど再び戻ったのは、最後にもう一度彼の顔を見たかったからだった。

ありがとう。ごめんね。さようなら。

そうして改めて家を出た。時刻は十一時半。書き置きには仕事だと記したが、もちろんこの日も何もなかった。僕にはまだ半月ほど休暇が残っている。

もし昨日彼がいなくても、僕は今日やるつもりだった。でも彼はいた。それはとても都合のいいことだった。彼を利用する形になってしまうのは気が咎《とが》めるけれど、この件について彼しか頼れる人はいない。

彼への遺書を書くために文房具店に行き、レター・セットとペンを買う。遺書に適した便箋《びんせん》がどういったものか分からず迷ったが、結局シンプルな生成りっぽい色の便箋を選んだ。ふと横にあった付箋が目につき、ついでにそれも買うことにした。

家の方に戻り、通り沿いのカフェに入った。黒く澱《よど》んだコーヒーを飲みながら、遺書を書く。

姉ちゃんも遺書を切って並べた時、こんな気持ちだったのかな。僕はとても落ち着いているよ。

しばらくして、タバコの煙を後ろに流しながら駅の方へと反対車線を歩く彼を見つけた。

思ってもみなかった。彼をもう一度見ることが出来るなんて。彼は、ちゃんと、この地球で生きている。

ペンはさきほどよりも進んだ。生きている彼へ書いているという実感がそうさせる。

そうして彼宛ての遺書を書きあげ、次に彼に選んでもらう遺書六枚を書き始めた。

姉ちゃんが並べた最後の遺書は一字一句覚えている。

姉ちゃん。借りるよ。僕は誰よりもあなたに影響を受けたから。

今までありがとう。うまれてきてよかった。芸能界に生きれてよかった。そして僕はやるしかない。やらないなんてないから。

そして最後に僕は冗談を書いた。彼だけに伝わるメッセージを添えて。

「死体置き場の中の一番カッコいい死体でありたい」

彼は笑ってくれるだろうか。

部屋に戻り遺書を置く。シャワーを浴び、部屋着に着替える。ウィスキーをグラスに入れ、一気に飲み干す。タバコに火をつけた。ラブホテルのライター。少しもの思いにふけってしまい、もう一本タバコを吸った。額縁の中の僕の似顔絵は、いつもより大きく笑っている。

彼が僕にくれたシャンパンをテーブルに置く。買っておいた細い麻の縄を、椅子に立って僕の似顔絵の横のフックにかける。

首に輪を回す。

大きく息を吸い込む。そして吐く。椅子を蹴飛《けと》ばす。

僕の体はがくんと沈み縄が絞られる。そしてそれからギシギシと擦《こす》れ合いながら、僕の首を絞めた。

「はい、カット」

そうだ。これは映画の撮影だ。腰に巻かれた安全装置と麻の縄が繋《つな》がっていて、実際には苦しくならないようになっている。そのはずだ。

「カットだって、カット」

遠のく意識の中、ダウンライトは僕の方を向いている。それはスタジオや舞台の照明のように感じられるくらいの光量で、眩《まぶ》しく僕だけを照らし出した。

なぁごっち。君はオニアンコウのオスなのか。それともメスか。そして僕は、どっちだ。

視界はぐるぐると回り、まるで高いところから落ちているようだ。

「AD、これどうなってんだ」

奥には僕を求める観客の声が聞こえる。そして拍手の連続。幾度か経験してきた舞台挨拶《あいさつ》やライブの時にいつも聞こえる特別な音。気持ちのいい音。喝采《かっさい》だ。

蓮吾。みんながそう呼んでいる。

「お、おぉい、ちょっと、止めろ、止めろって」

大。みんながそう呼んでいる。

ふと視界は回るのをやめた。どうやら綺麗《きれい》に着地したようだ。やがて光の奥には観客たちが見えてくる。視界いっぱいに数えきれないほどの人間が、見えなくなるほど遠くまで集まっている。客席は満員だ。赤城さんも小出水さんも田中さんもサリーもそこにはいる。あと、りばちゃん。いや、あれはごっちか。それら見えうる限りの表情は幸福だけを含んでいる。

幕はたった今開いたばかり。パレードだ。象やライオン、アヒル、嘶《いなな》く馬、猿に不死鳥《フェニックス》。多色の発光ダイオードで彩られた舞台装置。万華鏡のような色の数々。皆が踊りながら行進し、その上を無数の透けたメダカとカワセミが鳴き泳ぐ。音楽は壮大なオーケストラ。曲はなんとビートルズ……いや、ファレノプシスか!? 虹色《にじいろ》のカルテットが会場に渦巻く。指揮棒を振るのは蝶《ちょう》ネクタイをつけた蛙。横には綿密に織りなされた人間のビル。そして頂上には唯さん……姉ちゃんがまるでガラス細工のように滑らかなポーズで止まっている。紙吹雪は……木蓮《もくれん》と蘭の花びら！　感動で涙が止まらない！

なんという光景だ。なんと甘美で、なんと絢爛《けんらん》で、なんと気高く、なんと恍惚《こうこつ》で艶《あで》やか、そしてなんて残酷な……。

君がみた世界に果てはなく、これこそが楽園だ。絶望的に素晴らしいこの世界の真ん中に僕は君と共にある。

「お、おい、はやく、はやくおろせ」

朦朧《もうろう》とする意識の中で誰かが僕を抱きしめるが、眩しくて顔が見えない。でも僕には分かる。ごっち。君だろう。僕らはやっと共演を果たせた。練習はもう、必要ない。ざわめきも混じる歓声に包まれながら僕らは強く抱き合った。ライトはまだ、眩しく僕らを照らしている。

あとがき

『ピンクとグレー』を改めて読み返して、あの頃は肩肘《かたひじ》張ってたなあ、と感じました。発表当時はアイドルが書いたという色眼鏡で見られていた部分もかなりあったから、そういう目で見る人たちを驚かせたくて、譲れないところも多かったように思います。

執筆から三年が経ち、やっとこの自著を客観的に読めるようになりました。他人の作品を読んでいるような感覚で楽しめたし、ちょっと泣きそうになるくらい、もう一度感動できました。自分で言うのも変なのですが、「コイツ、なんかすごいエネルギーだな」というのが文章から伝わってくる。そんなふうに今でも自分で共感し、本気で面白いと胸を張って言える作品であったことを嬉《うれ》しく思います。『ピンクとグレー』は僕にとって特別な作品です。

文庫化にあたり全編をくまなくチェックして改稿しました。あの時は分からなかった編集者からの指摘も今なら理解できるし、シンプルで読みやすい文章に変えても、この作品で伝えたかった本質が損なわれることはないんだと気がついたので。今はただ、多くの方に読んでもらえることを願うばかりです。なんの賞も獲らずに小説を出せているのは、僕がジャニーズだからと自覚しています。だからこそ使命として、僕の作品を通じて「世の中には面白い本がたくさんある」ことを伝えていけたらいいと思っているし、アイドルとしての僕を知らない人にはジャニーズにも面白いやつがいるんだってことを知ってもらいたいです。

右も左も分からないまま書きあげた作品だけど、ページの中に当時の感情や書きたいものが渦巻いていて、自分の中に内在する何かを書くことにぶつけていたように思います。それは若さであり、青臭くもあるけれど、だからこそその時にしか書けないエネルギーを詰め込むことができていたのでしょう。

いつまでも、あの時の気持ちを忘れずに小説を書き続けたいです。

二〇一四年二月

加藤シゲアキ

加藤シゲアキインタビュー

タカザワケンジ（書評家・ライター）

小説執筆を準備してきた

――加藤さんはアイドルグループ「NEWS」のメンバーとして活躍されています。今回、この長編小説『ピンクとグレー』で作家デビューを果たしたわけですが、現役アイドルが小説を書いたということで話題になりました。もともと本を読むのは好きだったんですか？

加藤 子どもの頃はほとんど読んでいなかったですね。本の虫だったことはないんです。ちゃんと本を読むようになったのは大学生になってからですね。

――大学生になってから本を読もうと思われたのはなぜですか？

加藤 文章を書くのが好きだったんです。それで、そろそろ読んでみようと思ったのが大学に入った頃ですね。読んでみたら面白かった。ただ、そんなにたくさんの本を読んでいるわけではないんです。曲の歌詞や映画などの影響が大きいと思うんですが、文章表現や言葉の一つひとつが気になって、さらっと読めない。一冊ずつじっくり読むクセがあります。そうやって味わって読んだことが、いま書いている文章にも影響していると思います。

——なるほど。小説以外の音楽や映画で、言葉や表現のセンスを磨いていたのかもしれないですね。

加藤　ええ。言葉が好きなので、本以外でも、雑誌でエッセーを読んだり、ネットでブログを読んだりしてきました。言葉にはずっと意識的に触れてきたという気持ちがありますね。

——今回、小説という新たな表現に挑戦しようと思ったのはなぜですか。

加藤　高校の頃に選択授業で小説を書いたことがあって、そのときにクラスメイトたちに褒められたんです。大学ノート四ページくらいの短いものですが、自分にこういうことができるんだと印象に残っています。それから書くことが好きになって、ジャニーズの携帯サイトで書いていたブログが好評だったことも自信になりました。でも、携帯サイトはあくまでもファン向けなので、内容もギャグや笑えるものを書くようにしていました。反響があるのはもちろん嬉《うれ》しいんですが、あくまでそのときに読んで楽しんでもらうものとして書いていたので「作品」とは言えないですよね。二十歳くらいから、いつか「作品」として小説を書いてみたいと思うようになりました。

それからは映画を見るときもどんな構成になっているかを意識したり、小説を読むときにも「これは秀逸な表現だな」と思った文章や言葉を心に刻みつけるようにしたりするようになりました。自分なりの表現方法を見つけるために準備していました。

――大学生くらいから小説をお読みになっているということですが、ということは、わりとすぐに、自分でもいずれ書くんだという前提で小説を読み込んでいたんですね。

加藤　そうですね。でも、読むのは当然プロの方たちの作品ですから、読むとたいていは「俺にはこんなふうには書けないな」と思っちゃいますよね（笑）。たくさん読んでいたら自信がなくなっていたかもしれません。

――いつか書きたいと思っていても、長編小説一冊分を書くのには時間も情熱も必要ですよね。書こうと思って、さっと書けるものではない。「書きたい」と実際に「書く」ことには距離があると思いますが、一歩踏み出せたのには何かきっかけがあったのですか。

加藤　「小説を書きたい」と周囲に言っていたら「そんなにいつも言っているなら早く書け」と周りから締め切りを決められたんです（笑）。

――『ピンクとグレー』が最初に書いた小説ですか？

加藤　高校のときに授業で書いたものを別にすればこれが初めてです。

――実際に書いてみてどうでしたか？

加藤　書き始めてみたら、思い浮かぶのが短いエピソードばかりで、これは使えないなと捨てたものもありますね。でも、書かないと始まらないので、全体のプロットを考えながら、同時進行で本編のほうも書くという感じで進めていきました。

ノって来たなと思ったのはキャラクターが固まってきた頃から。キャラクターが勝手に動いてくれるようになると、次はこういうことが起こりそうだな、と予想できるようになって、その流れに乗って書いたりもしました。ただ、そうやって次々にアイディアが浮かんでくると収拾が付かなくなってきたので、いったん、本編を書くのを休んで、長めのプロットを書いて物語を整理し直したりもしましたね。

第一稿ができたところで友だちや事務所のスタッフに読んでもらい、アドバイスを聞いてから第二稿を書きました。

映画から学んだ構成

――『ピンクとグレー』は語り手の河田大貴《かわだだいき》（りばちゃん）が、幼なじみで親友の鈴木《すずき》真吾《しんご》（ごっち）との物語を描いたものです。ごっちは白木《しらき》蓮吾《れんご》という芸名で俳優、歌手として成功します。一方、りばちゃんのほうは売れていくごっちを見ながら、売れないモデル、俳優を続けています。なぜ芸能界の話を書こうと思ったのですか。

加藤　いくらフィクションとはいえ、初めて書く小説で、自分が知らない世界を書くのは難しいと思ったからです。アイドルとして経験したことや、中学、高校、大学をすごした渋谷を背景にしたほうが書きやすいと思いました。あの場所にはこんな風が吹いていたな、とか、書くときにイメージしやすいかなと思いました。

――たしかに読んでいて、加藤さんがいままで生きてきた時間を大切にしてきたんじゃないかと感じました。書かれている言葉が自分の言葉で、借り物ではない。加藤さん自身のなかから生まれてきた言葉だと思いました。

加藤　そうだと思います。でも、ある瞬間に感じたことがどんな意味を持っていたのかはそのときにはわからないんですよね。あとで振り返ったときに思い出すのは「あのとき、くだらないことしゃべってたよなあ」みたいなことです。「あんなことで笑えたんだよな」という感覚だけだと思います。今回、小説に書いたことも、感覚は実感したことですが、どうしてあんなに面白かったのか、なぜ笑えたのかという会話やエピソードは新たに作ったものです。完全にフィクション。実際にそういうことがあったわけではないんだけど、あったような気がする。そういうトーンにできたらいいなと思って書きました。

――物語の舞台はたしかに芸能界ですが、語り手は芸能界で成功していく親友を見ている売れていないモデル、俳優です。加藤さんの実際の立ち位置とは違いますね。

加藤　僕はNEWSというグループで活動しているので、表舞台に立っている側でもあるけれど、同時にグループ内で身近な仲間が売れていくのを見る側でもあるんです。つまり、当事者と傍観者を両方やっているんですよね。どっちも自分。だから主人公のごっちとりばちゃんはどちらも僕なんです。

友だちが売れて嬉しいと思う一方で、羨《うらや》ましいという気持ちも嫉妬《しっと》も多少はある。その反面、嫉妬される側の気持ちもわかります。

――先ほど「映画を見て構成を意識した」とおっしゃっていましたが、構成が凝っていますね。現在、過去、現在と交互に違う時間と場所を描いていて、映画でいうカットバックのような効果を生んでいます。

加藤　真ん中に大きな事件を入れたかったので、そこまでに二人の関係の親密さを書く必要があったんですが、その部分が長すぎると読者に飽きられてしまうかもしれない。そうならないように、最初に二人の関係に溝ができることを暗示しておけば、「なぜ二人の関係にひびが入ったんだろう?」と先を読みたくなるかな、と思ったんです。それで時系列を崩していきました。結果的にですけど、二人がすごく親しい時間と、主人公がもう一人に対して憎しみに近い感情を抱く場面が交互に来て「どうして?」と謎が深まったと思います。そして、後半、一気に、というのが狙いでしたね。

――たしかに物語の中ほどで大きなできごとがあって、あとは怒濤《どとう》のような展開になっています。構成をかなり計算していたんですね。

加藤　そうですね。映画を見るだけでなく、一時期、映画評論をよく読んでいたんですが、どうしてこれが面白いのかを考えたり、人の意見を読んだり聞いたりするのが好きなんです。映画を見たり、映画評論を読んでいくと、物語を作るためのちょっとした方程式ってあると思うんですよ。でも、小説としてはそれだけじゃ面白くないから、そこに文学的な要素とか文章力、表現力を加えていかなくてはいけないんですけど。

――小説を書いてみて気づいたことはありますか。

加藤　ファン向けに書いている携帯サイトの文章はポップで明るいんですが、なぜかフィクションを書くと全体にダークなトーンになりますね。エッジが立つというか。ポップで明るい文章では書けない。きっと僕はこういう文章がもともと好きなんだな、と思いました。

――小説を書くうえで、こうしようと意識されたことはありますか。

加藤　小説を書くなら好きなものを書かなくてはと思いました。自分が面白いと思うものを自分のために書こう。いままでは携帯サイトなどでファンのために書いていてそれも楽しかったけど、小説を書くならファンじゃない人にも「面白い」と言わせたい。それくらいの熱量で書いてみようと思いました。自分はアイドルだからこう書こう、とは一切考えずに書きたいことを書こうと。

――「アイドルとしての自分」ではなく「小説家としての自分」で書いたということですよね。その覚悟が感じられたのが、作品のエンターテインメント性です。面白くしよう、読者を巻き込んでいこうとする姿勢を感じます。

加藤　自分のために書いているとはいっても、独りよがりにはなりたくなかったですね。ベストセラーの小説も普通に好きだし（笑）。僕自身の目線が一般読者に近いと思っているので、自分が面白いと思うものを書けば面白がってくれる人が必ずいるだろうと思っています。それが理想じゃないですか。自分がつまらないと思っていることを褒められても、きっと嬉《うれ》しくないと思う。自分が面白いと思うものが受け入れられないとしたら、受け入れられるまで書こうと思っていました。でも、いろいろな人の支えもあって、一作目で出版できることになったので、そのことには本当に感謝しています。

芸能活動と作家活動

——『ピンクとグレー』の重要なテーマの一つに、人はなぜ別れなくてはならないのか、なぜ大切な人を失ってしまうのか、という問いかけがあると思います。主人公二人の大人になるまでに起こるさまざまなできごとが人生を変化させていく。なぜなんだろう、と感じたことは多くの人があると思います。加藤さんもそんな経験をされてたのですか。

加藤 あったのかなあ……。具体的にこれ、という経験はないですね。でも、NEWSの活動を十六歳のときからやっていて、みんな少しずつ大人になって、変わっていくんですよ。昔のように一緒に買い物に行ったりとかは当然しなくなるし（笑）。メンバーが脱退（二〇一一年十月に山下智久《やましたともひさ》さんと錦戸亮《にしきどりょう》さんが脱退）したのは、『ピンクとグレー』を書いた後でしたけど、もともと九人いたのがちょっとずつ減っていったということはあったかもしれないですね。自分では意識はしていないし、小説でそのことを書きたかったわけではないけど、寂しさは感じていたと思います。もちろんNEWSだけではなく、一緒にいるけどいないという感覚は、誰といても感じることが多いですけど。

――どんな人と親しくなってもその人のことを本当の意味で理解できるわけではない。そんな普遍的な寂しさを作品から感じました。

加藤 そうですね。いままで生きてきて振り返れば、人間関係で悩んだり、仲が良かった人がいなくなったりということはありました。それはどう考えても辛《つら》いし寂しい。デビューの時も、僕はできたけど同期がデビューできなかったりということもありました。嬉しいんだけど、そいつの前では喜べなかったり、申し訳ない気持ちになったり。もやもやした葛藤《かっとう》はつねにあるので、それを吐き出した部分はありますね。

――フィクションだからこそ書けたという部分はありますか。

加藤 はい。僕のなかにはいつも当事者であり傍観者、と思っている部分があるので、エッセイでは書ききれない部分を小説で書けたような気がします。外に出れば芸能人だけれど、家に帰ればテレビを冷静に見ている。小説やマンガを読めば、この作品はきっとこういうふうに映画化されるんだろうなと思うし、『ピンクとグレー』のなかにテレビのドキュメンタリー番組が出てきますけど、こんな始まり方で、こんな構成で編集されて、と普通の人よりも細かく見てしまいます。テレビ番組一つとっても流して見られない。そういう視点が小説を書くときに役立っているような気がします。

――作り手の視点で見ているんですね。

加藤 半分半分ですけどね。『ピンクとグレー』のなかに映画制作の現場が出てきます。僕は実際に作ったことはないから想像で書いている部分もありますが、ドラマの衣装合わせとか顔合わせは実際にああだし、自分の経験を反映させて書いている部分もあります。

――アイドル、芸能人という職業は、自分をかっこよく見せるお仕事ですよね。負の部分は見せないのが普通です。フィクションにすることで、加藤さんのなかの負の部分を表現できる部分もあったのではないですか。

加藤　そうですね。ある意味ではストレス発散ですね。僕はあんまり人とケンカしたりしないんですよ。めちゃくちゃ腹立つことがあっても口に出しては言わないんです。感情的になって話したくないから。でも「あれってないよな」ということを後で文章にするとちょっとスッキリするんですよね。それはその人への悪口じゃなくて、こういうことに対してこうすると人はムカつくよね、と冷静に振り返ることなんですよね。自分をムカつかせた側の目線にもなるから、相手のことを理解できるところも出てくるし。文章にすることで自分の気持ちを見つめ直す作業ができると思います。

――加藤さん自身が芸能界にいることで、この人がモデルなんじゃないかとか邪推される危険性もありますよね。設定を考えたりする上で苦労はなかったですか。

加藤　実際に、僕の頭のなかにはモデルはいないんです。無意識にはあるかもしれないけど、誰かを思わせるように書こうなんて思っていない。芸能界をちょっとダークに書いちゃってるかもしれないけど（笑）。

――実際はそんなにダークじゃないですか？（笑）

加藤 脚色していますね。メジャーで歌う曲にするには歌詞を変えないというくだりがありますけど、僕は歌詞を変えられたことはないし。自分が好きな場所に対してちょっと悪かったかなと思いますけど（笑）。『ピンクとグレー』はリアリティはあるけど赤裸々じゃないんです。リアルではない。あくまでリアリティです。

――あくまで物語を面白くするために、ですね。

加藤 そうなんですよ。『ピンクとグレー』は事務所に「こんなのダメだ。出せない」って言われてもいいというくらい思い切って書いたんですが、読んでもらったら意外と面白がってくれましたね。事務所的にNGと言われた部分はなかった。事務所がいいって言うんだからいいだろうと自信にもなりました。

――それはプロとしての仕事ですね。自分が良ければいい、ではなくて、周りの人たちの意見も聞く。

加藤 でも、書き始めるときは「自分」じゃないとダメなんです。意見は聞きますけど、それは「自分」が納得した部分を受け入れるということなので。

実は、僕の周りでは、僕が小説を書いたこと自体にはさほど驚かれたりしなかったんです。携帯サイトを読んでくれていたから。だけど、携帯サイトの延長線上だと思っていたみたいで、「さぞかし笑わせてくれるんでしょうね」というノリなんですよ。半笑いで「小説書いたんだって？」と言われることが多くて、笑顔で「ぜひ、読んでくださいよ」と返しましたけど、心の中では（痛い目見るよ）と思ってました（笑）。書いているときも、それと同じような気持ちで、いままでの自分を壊したい。変わりたいと思っていました。いままで芸能界で仕事をしてきて迎合してきた部分もなかったわけではないから、一回自分を壊してみよう。小説を書くことで自分で自分を探してみたかったという気持ちもありましたね。

曖昧な二人の「色」

――『ピンクとグレー』というタイトルはどうやって決めたのでしょうか。

加藤　昔、友だちに「俺はグレーは好きだけどピンクは嫌いなんだよ」と言ったことがあったんです。「白に黒を足すのはいいんだけど白に赤を足すのは嫌だ」と。その友だちから「白も黒も赤も好きでしょ。なんで足したら嫌なの？」と言われたことがずっと自分のなかに残っていたんです。ピンクとグレーはどちらも同じ中間色。曖昧《あいまい》なところも同じ。でもグレーは好きだけどピンクが嫌いなのはなぜだろう。この二つの色の違いは何だろうと思ったんです。

今回は二人の話にしたいと思ったから、とりあえず『ピンクとグレー』にしておこう。曖昧な二人の話になるかな、と漠然と感じて仮題にしていました。原稿ができあがったところで、しっくりきたな、と思って、そのままいくことにしました。

――「色」についてのエピソードやセリフも印象的でしたね。吸収された色は見えない。

吸収されなかった色が見えている。だから、目に見えている自分は「自分自身が嫌った色にしか他人の目に映らない」というくだりは他人の目にさらされる仕事を選んだ二人の生き方と重なりました。

加藤　中学生のときに、先生が「色は反射して吸収されなかった光線だ。嫌われた色だ」と言っていたのを覚えていたんです。いつか小説を書くなら最初の小説でこのエピソードを書いてみたいと思っていました。

――次回作以降の構想はありますか。

加藤　あります。ちょっとだけ、二ページくらい書いたんですけど、まだ締め切りを設定されていないのでのんびり書こうかなと思っています。自分がいる場所、つまり芸能界を舞台にした話を書いたほうが面白がってくれると思うので、しばらくは芸能界の話を書きたいですね。といっても、ビーフカレーがシーフードカレーになりました、くらいでは書いてもしょうがないので、洋食のなかでも違う料理にしたいと思います。いま考えているのは、とにかく書き続けたいということです。一回だけなら誰でも書けそうなので。でもいざ書くとなると大変ですけどね。引きこもらなきゃいけないから。

――冒頭の一行目から最後の文字まですべて加藤さんの「作品」ですからね。

加藤　「ゴーストライターがいるんじゃないか」って言われたら、それはそれで嬉《うれ》しいですけどね（笑）。あいつには書けないと思われるくらい、作品の内容が良かったということだから。

――芸能活動はこれからも執筆と並行して続けていくんですよね。

加藤　もっとがんばりたいですね。小説を書きたいけど、芸能活動が忙しくて時間がない、というのは理想かな（笑）。芸能界の仕事は依頼されるのを待つというスタイルなので、何か自分でできることはないか、作れるものはないかと考えて、小説を書いたという部分もあります。仕事をしていくなかで経験したことや考えたことをためて、それをヒントに新しい小説をまた書ければと思いますね。

一つのことを職人的に極める人もかっこいいですけど、僕の場合は、アイドルをやったことを生かしてこうして本にしたり、本を書いたことをほかのことにつなげていきたい。いつか脚本を書いてメンバーに演じてもらえるなんてことがあったら嬉しいし。これからもやりたいことをどんどんやっていきたいなと思います。

――最後に一つだけ。この二人の主人公、どちらを演じてみたいですか？

加藤　どっちなんですかね（笑）。自分でも考えたんですよ。自分はどっちに近いんだろう、と。書いているときは、一人称なので語り手のりばちゃんに感情移入しているんですけどね。ごっちとりばちゃんは同一人物だって言っても過言ではないくらいなので難しいですね。映像化されて誰かがやってくれたら楽しいだろうなと思いますね。

※『ピンクとグレー』単行本発表時の「本の旅人」二〇一二年二月号に掲載されたインタビューをもとに、文字量を増やし再構成しています。

本書は二〇一二年一月に小社より刊行
された単行本を元に加筆・修正を行い、
文庫化したものです。

ピンクとグレー

加藤《かとう》シゲアキ

平成26年 2月25日　初版発行
平成28年 1月10日　14版発行

発行者●郡司 聡

発行●株式会社KADOKAWA
〒102-8177　東京都千代田区富士見2-13-3
電話 03-3238-8521（カスタマーサポート）
http://www.kadokawa.co.jp/

角川文庫 18399

印刷所●旭印刷株式会社　製本所●株式会社ビルディング・ブックセンター

表紙画●和田三造

ISBN978-4-04-101218-5　C0193

JASRAC 出　1400983-614

角川文庫発刊に際して

角川源義

第二次世界大戦の敗北は、軍事力の敗北であった以上に、私たちの若い文化力の敗退であった。私たちの文化が戦争に対して如何に無力であり、単なるあだ花に過ぎなかったかを、私たちは身を以て体験し痛感した。西洋近代文化の摂取にとって、明治以後八十年の歳月は決して短かすぎたとは言えない。にもかかわらず、近代文化の伝統を確立し、自由な批判と柔軟な良識に富む文化層として自らを形成することに私たちは失敗して来た。そしてこれは、各層への文化の普及滲透を任務とする出版人の責任でもあった。

一九四五年以来、私たちは再び振出しに戻り、第一歩から踏み出すことを余儀なくされた。これは大きな不幸ではあるが、反面、これまでの混沌・未熟・歪曲の中にあった我が国の文化に秩序と確たる基礎を齎らすためには絶好の機会でもある。角川書店は、このような祖国の文化的危機にあたり、微力をも顧みず再建の礎石たるべき抱負と決意とをもって出発したが、ここに創立以来の念願を果すべく角川文庫を発刊する。これまで刊行されたあらゆる全集叢書文庫類の長所と短所とを検討し、古今東西の不朽の典籍を、良心的編集のもとに、廉価に、そして書架にふさわしい美本として、多くのひとびとに提供しようとする。しかし私たちは徒らに百科全書的な知識のジレッタントを作ることを目的とせず、あくまで祖国の文化に秩序と再建への道を示し、この文庫を角川書店の栄ある事業として、今後永久に継続発展せしめ、学芸と教養との殿堂として大成せんことを期したい。多くの読書子の愛情ある忠言と支持とによって、この希望と抱負とを完遂せしめられんことを願う。

一九四九年五月三日